U0547761

二十世紀三十年代，沈祖棻就讀大學期間留影

幾度斜陽東風裏呢喃不住枉自語興亡

寄慨甚深 用意須力避重複

高陽臺

簾影搖波屏山隔夢孤衾閒數更籌一庭殘月斷腸人在南樓相思應是無憑準問何由說與新愁枉朝、雕闌獨立幾度凝眸 東風不解年時恨縱心情如舊青鐙漫邀前游銀箋細字幽懷欲寫還休鶯花過眼成陳迹怕匆、春色難留更誰知天上人間此意悠、

此句多兩字 [illegible]

妥適 微嫌單薄

浣溪紗

芳草年、記勝游江山依舊豁吟眸鼓鼙聲裏思悠、 三月鶯花誰賦作一天風絮獨登樓有斜陽處有春愁

後半佳絕 逼近少游

探春慢 湖上清明薄游

山色幾晴波痕新漲湖上游船無數桃頰烘雲柳眉

早期的詞學課卷，上有汪東先生批語

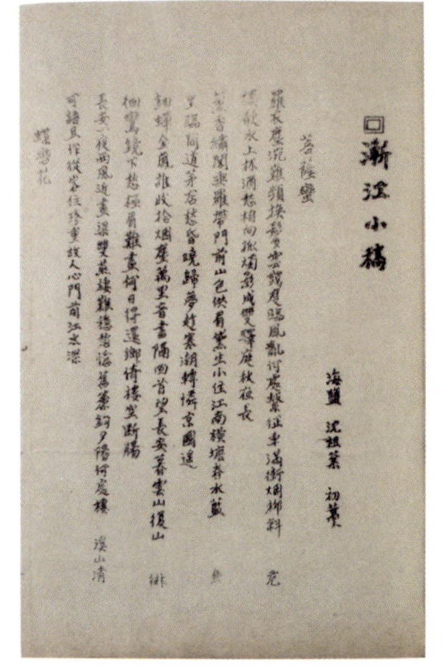

漸江小稿

海鹽 沈祖棻 初稾

菩薩蠻

羅衣塵涴難頻換鬢雲幾度臨風亂何處繫征車滿街烟柳斜
[illegible]歌水上樓酒醒相向孤燭影成雙驛庭秋夜長

[illegible]香繡閣疏簾帶門前山色供看黛生小住江南橫塘春水藍
[illegible]陽何道茅店愁昏曉歸夢趁寒潮轉橋京國遙

鈿蟬金鳳[illegible]收拾烟塵萬里音書隔回首望長安蒼雲山復山
細鸞鏡下愁極眉難畫何日得還鄉倚樓空斷腸

長安一夜西風[illegible]畫梁雙燕難棲[illegible][illegible][illegible]餘夕陽何處樓
可堪[illegible]作[illegible][illegible][illegible]珍重故人心門前江水深

蝶戀花

《漸江小稿》油印本書影

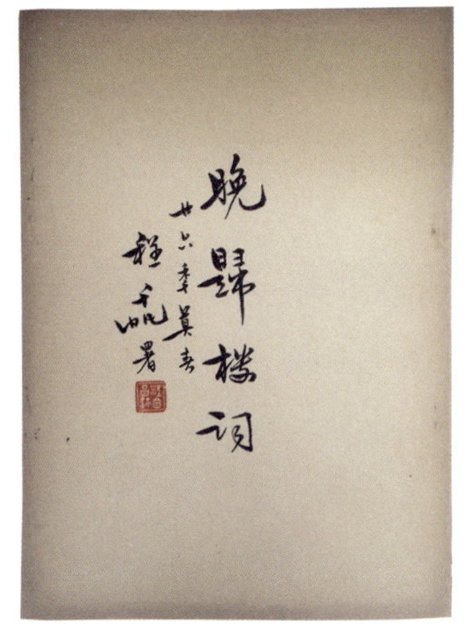

《晚歸樓詞》扉頁

浣溪沙

滿目青蕪歲不芳啼鴂聽慣也尋常而今難得是迴腸　燕子簾櫳春晼晚梨花院落月微茫人間何處著思量

忍道江南易斷腸月天花海當愁鄉別來無淚濕流光　紅燭樓心春壓酒碧梧庭角雨飄涼不成相憶但相忘

弘度世丈教正

祖棻呈稿

三山雅集

《浣溪沙》（二首）詞稿，呈劉永濟先生教正

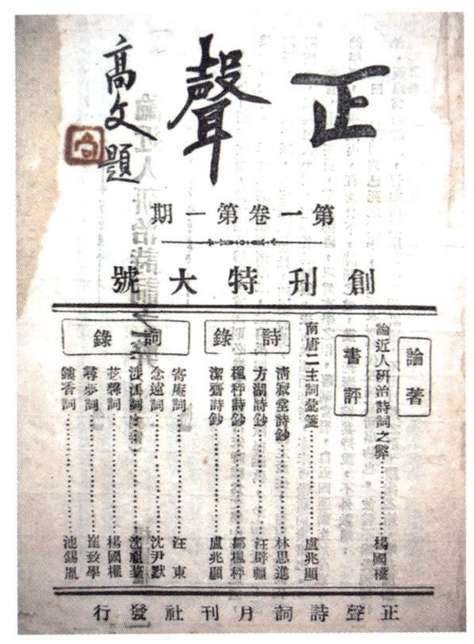

正聲

高文題

第一卷第一期

創刊特大號

論著

論近人研治詩詞之弊……楊國權

書評

南唐二主詞彙箋……盧兆顯

詩錄

清寂堂詩鈔……林思進

方湖詩鈔……汪辟疆

楓柠詩鈔……蕭楓柠

潔齋詩鈔……盧兆顯

詞錄

寄庵詞……汪東

念遠詞……沈尹默

涉江詞（續）……沈祖棻

芰彝詞……楊國權

尋夢詞……崔致學

錦香詞……池錫胤

正聲詩詞月刊社發行

《正聲》創刊號目録

正聲詩詞社成員合影。前排左起：導師劉君惠、四川大學教務長葉石蓀、導師高文、沈祖棻，社員宋元誼及其小侄女。後排左起：社員盧兆顯、楊國權、劉彦邦、王文才、王淡芳、劉國武

《涉江填詞圖》立軸

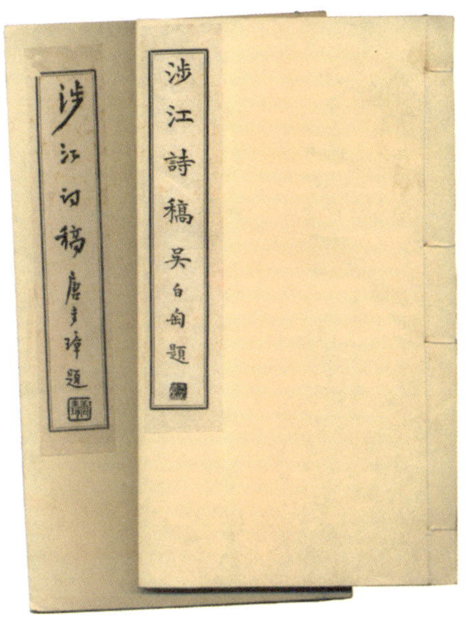

《涉江詩稿》、《涉江詞稿》油印本

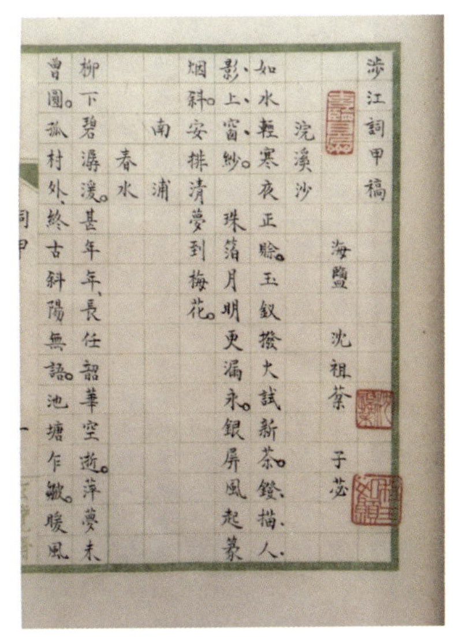

涉江詞甲稿

海鹽 沈祖棻 子苾

浣溪沙

如水輕寒夜正賒。玉釵撥火試新茶。鐙描人影上窗紗。 珠箔月明更漏永。銀屏風起篆烟斜。安排清夢到梅花。

南浦

春水

柳下碧潺湲。甚年年、長任韶華空逝。萍夢未曾圓。孤村外、終古斜陽無語。池塘乍皺。暖風

《涉江詞》手稿首頁

一九三六年春，沈祖棻於明孝陵梅花下留影。此照原佚，多年後女兒程麗則於孫望畢業紀念册中重新覓得

一九六六年春，沈祖棻與女兒程麗則於家門前的碧桃下合影

沈祖棻全集

涉江詩词集

沈祖棻 著

程千帆 箋

張春曉 主編

GUANGXI NORMAL UNIVERSITY PRESS
广西师范大学出版社

·桂林·

SHEJIANG SHICI JI
涉江詩詞集

書名題簽：周小英

圖書在版編目（CIP）數據

涉江詩詞集 / 沈祖棻著；程千帆箋. --桂林：廣西師範大學出版社，2024.3
（沈祖棻全集 / 張春曉主編）
ISBN 978-7-5598-6411-6

Ⅰ. ①涉… Ⅱ. ①沈… ②程… Ⅲ. ①詩詞－作品集－中國－當代 Ⅳ. ①I227

中國國家版本館 CIP 數據核字（2023）第 188065 號

廣西師範大學出版社出版發行
（廣西桂林市五里店路 9 號　郵政編碼：541004
網址：http://www.bbtpress.com）
出版人：黄軒莊
全國新華書店經銷
中華商務聯合印刷(廣東)有限公司印刷
（深圳市龍崗區平湖鎮春湖工業區 10 棟　郵政編碼：518111）
開本：880 mm × 1 240 mm　1/32
印張：10.375　　插頁：4　　字數：230 千
2024 年 3 月第 1 版　　2024 年 3 月第 1 次印刷
定價：76.00 元

編輯説明

一、本書以江蘇古籍出版社《沈祖棻詩詞集》（一九九六年十一月一版二印）爲底本，主要參校楊公庶編《雍園詞鈔》（一九四六年）、《涉江詞稿》和《涉江詩稿》油印本（一九七八年），湖南人民出版社《涉江詞》（一九八二年），齊魯書社《沈尹默手書詞稿四種》（一九八四年），福建人民出版社《涉江詩》（一九八五年），人民文學出版社《沈祖棻創作選集》（一九八五年），河北教育出版社《沈祖棻全集·涉江詩詞集》（二〇〇〇年），另與金陵大學文學院《斯文》半月刊、華東師範大學出版社《詞學》雜志，以及所見書札、手稿中的詩詞對核。底本改動處酌情出校，他本訛誤、異文不出校。

二、酌情保留了一些底本和作者手迹中的慣用字，未全從現行通用規範。

三、標點按規範輕微調整。題目、序、箋注等處的書名、曲名等均添加書名號，在詩詞中的則不添加。

四、新增補遺部分，收録《沈祖棻詩詞集》未收詞四首，詩五十七首。新增附録詞序兩篇。

總目

先室沈氏夙工吟詠，然未嘗輕以所作示人。及不幸逝世，余陸續刊布其遺著，始爲海内外所共知。其《涉江詞稿》五卷、《涉江詩稿》四卷，初在南京油印，旋又分别在長沙、福州出版；别有詞外集一卷，蓋定稿時所删汰者，則近歲始由老友施蟄存先生刊之《詞學》。而長沙、福州之所印行者又售缺久矣。江蘇古籍出版社高紀言先生以爲，先室之作既爲藝林所欽重，允宜合刊重印，都爲一册，俾世人得覩其全。余感高翁拳拳之意，爰取諸編重加校訂，迻録其本師汪寄庵先生所施評語於各篇之後，又就所知於其本事略加箋識，以爲讀者之助，不能備也。先室誕育於清德雅望之家，受業於名宿大師之門，性韻温淑，才思清妙，而身歷世變，辛苦流離，晚歲休致，差得安閒，然文章憎命，又遘車禍以殞厥身。儻永觀堂所謂「天以百凶成就一詞人」者耶？嗚呼！豈非天哉，豈非天哉！舊之編集者皆以詩先於詞，今則反之，重其所尤善也。壬申十月，閒堂老人程千帆叙録，時年八十。

諸家題詠

題《涉江詞》二首

章士釗　行嚴

錦水行吟春復春，詞流又見步清真。重看四面闌干句，誰後滕王閣上人？

劍器公孫付夕曛，隨園往事不須云。東吴文學汪夫子，詞律先傳沈祖棻。

寄庵出示《涉江詞稿》，屬爲題句，因書絶句五首奉正

沈尹默

漱玉清詞萬古情，新編到眼更分明。傷離念亂當時感，南渡西遷一例生。

鄉里休誇斷腸集，吾宗不櫛一書生。王吴秦賀終非遠，肯與前朝作後塵？

風流歐晏接重光，才調蘇辛亦擅場。一事終須論格律，鳬能用短鶴能長。

編將愁病作詩囊，奇絶天孫有報章。最是情絲能續命，不教枉斷九迴腸。

昔時趙李今程沈，總與吳興結勝緣。我共寄庵同一笑，此中緣法自關天。

戊稿中《薄倖》一首，有「便明朝、真有書來，還應祇是閒言語」之句，極平凡而極生動感人，真詞家當行語也。一千九百五十四年五月廿日，尹默讀竟并題記。

千帆惠示子苾新詞，賦贈

佘賢勳　磊霞

文鸞翔吳頭，紫鳳舞楚尾。翩翩結同心，飛止青衣水。牽蘿種果障罘罳，兩兩和鳴影不移。雲母曉窗研翠黛，芙蓉夜几界烏絲。青衣迢遞潮聲度，今日嘉州留客住。金馬碧鷄縱有情，吟懷知挂江南樹。

千帆寄示子苾夫人詩詞遺著二卷，忙中急展讀，不忍釋手，因題寄千帆致敬。時年八十有二，已龍鍾昏聵，不計工拙，情不自禁也

朱光潛　孟實

易安而後見斯人，骨秀神清自不羣。身經離亂多憂患，古今一例以詩鳴。獨愛長篇題早早，深衷淺語見童心。誰説舊瓶忌新酒，此論未公吾不憑。

聲聲慢

林思進　山腴

題沈子苾祖棻《涉江詞稿》

簫鸞妊咽，彩鳳追飛，如花眷美無雙。春風倚棹，鵜酬艷寫吴江。問誰海潮翻攪，便夢中、驚起鴛鴦。愁不盡，渺長洲茂苑，故國瀟湘。　待唱累儂夫婿，更子規聲裏，蜀道微行。怨綺辭菲，關山别度新腔。奈看錦流東去，送凌波、不過横塘。衹贏得，漲秋池、同聽雨窗。

高陽臺

沈尹默

題《涉江詞乙稿》

小字簪花，清詞戛玉，芳馨乍展銀箋。百囀流鶯，爲誰惜取華年？深情不著凄涼語①，怕凄涼、卻道無端。最關心，片片飛花，樹樹啼鵑。　江南夢斷歸何處，有輕帆數點，遠浪浮天。細説清游，盡多平楚蒼煙。而今陌上無弦管，縱聞歌、肯近尊前。待愁來，不是低吟，總合閒眠。

木蘭花慢

汪東　寄庵

爲祖棻作《涉江填詞圖》并題

問詞人南渡，有誰似、李夫人？羡寵柳嬌花，鎔金合璧②，吐語清新。前身更何處是，是東陽、轉作女兒身。盥手十分薇露，驚心一曲陽春。　知君，福慧自相因。鏡裏掃愁痕。待采罷芙蓉，移將桃李，歸隱湖漘。閶門最佳麗地，料衹憑、斑管答芳辰。已辨緑楊深處，紙窗不受纖塵。

望江南

姚鵷雛

分詠近代詞家

黄花詠，異代更誰偕？十載巴渝望京眼，西風簾卷在天涯。成就易安才。

祖棻女士，閨襜之秀，雖出寄庵門下，而短章神韻，直欲勝藍。

浣溪沙

劉永濟　弘度

讀《涉江詞》，贈千帆子苾伉儷

鼙鼓聲中喜遇君，磽磽頭玉石巢孫。風流長憶涉江人。　畫殿蟲蛇懷羽扇，琴臺蔓草見羅裙。吟情應似錦江春。

祝英臺近

題《涉江詞》　　龐俊　石帚

掩銀屏，消粉盝，春思黯無緒。十載江關，諳盡避兵苦。天涯何處秦樓？蔫紅病緑，争得似、年時釵股。　錦城住。換了籠竹檔林，吟邊幾風雨。唱遍旗亭，淒淒斷腸句。誰憐憎命文章？鈿車羅帕，算祇付、癡兒騃女。

一絡索

題《涉江詞》　　夏承燾　瞿禪

屯溪往事鵑能話。素黛愁難畫。幾人過路看新婚，垂老客，無家者。　娃鄉歸夢今無價。夢門茶打馬。何如寫集住西湖，千卷在，萬梅下。

踏莎行

施舍　蟄存

奉題子苾夫人《涉江詞》

恨别神傷，哀時淚泫。銀箏獨奏清商怨。十年家國感興亡，一編珠玉存文獻。碧海情深，黄花句粲。吟邊惹我愁無限。夢魂猶在亂離中，驚心不記滄桑换。

鷓鴣天

周昌樞　退密

讀《涉江詞》，喜題小詞，以志欽挹

濯錦江頭水自春，鸞漂鳳泊寄吟身。神傷故國空延月，淚灑蕪城久厭兵。餘感慨，斂風情。譜將花草出新聲。杜陵詩史千秋業，肯與清真作後塵。

鷓鴣天二首

程會昌　千帆

子苾逝世，忽近期年，爲刊遺詞，愴然成詠

衾鳳釵鸞尚宛然，眼波鬟浪久成煙。文章知己千秋願，患難夫妻四十年。哀窈窕，憶纏綿。幾番幽夢續歡緣。相思已是無腸斷，夜夜青山響杜鵑。

燕子辭巢又一年，東湖依舊柳烘煙。春風重到衡門下，人自單棲月自圓。紅緩帶，綠題箋。深恩薄怨總相憐。難償憔悴梅邊淚，永抱遺編泣斷弦。

①底本脱「淒」字，據《涉江詞稿》油印本、湖南人民出版社《涉江詞》、《沈尹默手書詞稿四種》補。

②「鎔」，底本作「熔」，據汪東先生手迹、《涉江詞稿》油印本改。

附録

《近百年詩壇點將録》

錢蕚孫　仲聯

地慧星一丈青扈三娘　沈祖棻

點近世詩壇女將，沈祖棻其臨去之秋波矣。《涉江詩稿》，近體多絶代銷魂之作。「傅厚崗前血濺塵，沈沈冤魄恨奔輪」，其弔凌敬言之句也。豈知珞珈山，後人又以此弔祖棻乎！

《近百年詞壇點將録》

錢蕚孫　仲聯

地慧星一丈青扈三娘　沈祖棻

子苾女詞人，出汪旭初門，能傳旭初詞學。著《宋詞賞析》，剖析精微。姚鵷雛謂其詞「短章神韻，直欲勝藍」。旭初序其《涉江詞稿》，謂其所作，「十餘年來有三變：方其肄業上庠，覃思多暇，摹繪景物，才情妍妙，故其詞窈然以舒。迨遭世板蕩，奔竄殊域，國憂家恤，萃此一身，故其詞沈咽而多風。寇難既夷，政治日壞，靈襟綺思，都成灰槁，故其詞淡而彌哀。」姚、汪月旦，良非輕許。三百年來林下作，秋波臨去尚銷魂。

涉江詞稿五齊

陸維釗謹署

涉江詞稿序

今年春，泛舟石湖。湖澄如鏡，與遠山爲際。微風蕩襟，水波相屬。舟中展祖棻詞，湖山之美，與詞境合而爲一。心有玄感，不能以言宣也。祖棻寫《涉江詞》成，乞余序首，蓋數年於兹。余始卧病歌樂山，思力無損，而身不得轉側，則姑爲腹稿，且以書告祖棻曰：序已成矣。翌年起，乃盡忘之。今之所言，非曩日之言也。雖然，曩者，與尹默同居鑒齋。大壯、匪石往來視疾。之數君者，見必論詞，論詞必及祖棻。之數君者，皆不輕許人，獨於祖棻詞詠歎贊譽如一口。於是友人素不爲詞者，亦競取傳鈔，詫爲未有。當世得名之盛，蓋過於易安遠矣。顧以祖棻出余門，衆又謂能知其詞者，宜莫余若。余惟祖棻所爲，十餘年來，亦有三變：方其肄業上庠，覃思多暇，摹繪景物，才情妍妙，故其辭窈然以舒。迨遭世板蕩，奔竄殊域，骨肉凋謝之痛，思婦離別之感，國憂家恤，萃此一身。言之則觸忌諱，茹之則有未甘，憔悴呻吟，唯取自喻，故其辭沈咽而多風。寇難旋夷，杼軸益匱。政治日壞，民生日艱。向所冀望於恢復之後者，悉爲泡幻。加以弱質善病，意氣不揚，靈襟綺思，都成灰槁，故其辭澹而彌哀。夫聲音之道，與政相通；情感之生，與物相應。彼處成周之盛世者，必不得懷《黍離》之思；覩褒妲之淫亂者，又豈能詠《關雎》之什？彼其憂歡欣戚，有不期然而然者，非作者所能自主也。祖棻詞於其少作删除獨多，或有不能盡窺其變者。所謂唯余能知者，其在是乎？春夏之際，乍陰乍陽，天地解而雷雨作，而百果草木皆甲坼。解之時義大矣。受之以損，其損而終益乎！自今以往，復有詠歌，其爲歡愉之音，抑重之以哀思，將猶非祖棻所能主也。雖然，祖棻海鹽人而家於吳。苕霅之畔，胥臺之下，白石、夢窗之所行吟往還也。聲應氣求，千載無間。異日者，歸隱閶門，訪我於石湖，楊柳繞屋，梅花侑尊，誦鷓鴣之詞，繼疏影之作，遂若與治亂不相涉者。而非由亂至治，不克有此。是退藏之願，仍望治之心也。言近而旨遠，祖棻其益進於詞矣。己丑四月，汪東。

目次

甲稿

右六十四首，起壬申（一九三二年）春，迄庚辰（一九四〇年）春，在南京、蘇州、屯溪、重慶、雅安作。

乙稿

右一百一十五首，起庚辰（一九四〇年）夏，迄壬午（一九四二年）秋，在成都、樂山作。

丙稿

右一百一十三首，起壬午（一九四二年）秋，迄乙酉（一九四五年）秋，在成都作。

丁稿

右六十一首，起乙酉（一九四五年）秋，迄丙戌（一九四六年）秋，在成都作。

戊稿

涉江詞甲稿

海鹽沈祖棻子苾撰　閒堂老人程千帆箋

浣溪沙

芳草年年記勝游，江山依舊豁吟眸。鼓鼙聲裏思悠悠。三月鶯花誰作賦？一天風絮獨登樓。有斜陽處有春愁。

汪先生曰：後半佳絶，遂近少游。

箋曰：此篇一九三二年春作，末句喻日寇進迫，國難日深。世人服其工妙，或遂戲稱爲沈斜陽，蓋前世王桐花、崔黄葉之比也。祖棻由是受知汪先生，始專力倚聲，故編集時列之卷首，以明淵源所自。

曲游春

燕

歸路江南遠，對杏花庭院，多少思憶。盼到重來，卻香泥零落，舊巢難覓。一桁疏簾隔，倩誰問、紅樓消息？想畫梁、未許雙棲，空記去年相識。　此日。斜陽巷陌。念王謝風流，已非疇昔。轉眼芳菲，況鶯猜蝶妒，可憐春色。柳外煙凝碧。經行處、新愁如織。更古臺、飛盡紅英，晚風正急。

上闋，汪先生曰：碧山無此輕靈，玉田無此重厚。

曲玉管

寒蟬

冷露移盤，西風掃葉，枯枝尚歎棲難定。欲把濃愁低訴，還咽殘聲，此時情。　倦戀柯條，羞尋冠珥，上林衹讓寒鴉影。冉冉斜陽，鏡裏雙鬟妝成，爲誰輕？　暗想當時，任嘶遍故家喬木，卻憐幾度風霜，而今獨抱淒清。感飄零。問知音誰在？不見悲吟楚客，更知何日，萬縷垂楊，響答江城。

水調歌頭

雨夜集飲秦淮酒肆，用東山體

瑶席燭初灺，水閣繡簾斜。笙舟燈榭，座中猶説舊豪華。芳酒頻污鸞帕，冷雨紛敲鴛瓦，沈醉未迴車。回首河橋下，弦管是誰家？　感興亡，傷代謝，客愁賒。虜塵胡馬，霜風關塞動悲笳。亭館舊時無價，城闕當年殘霸，煙水卷寒沙。和夢聽歌夜，忍問後庭花？

霜花腴

雪

篆灰撥盡，乍卷簾、無端絮影漫天。風噤寒鴉，路迷歸鶴，瓊樓消息誰傳？灞橋夢殘，縱凭高、休望長安。記當時、碧樹蒼崖，渺然難認舊山川。　愁問凍痕深淺，早魚龍罷舞，太液波寒。關塞荒雲，宮城冷月，應憐此夜重看。洗杯試箋，枉盼他、春到梅邊。怕明朝、日壓雕簷，萬家清淚懸。

高陽臺

訪媚香樓遺址

古柳迷煙，荒苔掩石，徘徊重認紅橋。錦壁珠簾，空憐野草蕭蕭。螢飛鬼唱黄昏後，想當時、燈火笙簫。賸年年，細雨香泥，燕子尋巢。　青山幾點胭脂血，做千秋淒怨，一曲嬌嬈。家國飄零，淚痕都化寒潮。美人紈扇歸何處？任桃花、開遍江皋。更傷心，朔雪胡塵，尚話前朝。

箋曰：樓爲明末名妓李香君所居，在南京城南秦淮河上，故詞中頗及《桃花扇》傳奇事。

綠意

次石齋韻

蘭舟桂檝。記綠雲十里，香生皋澤。傾蓋相逢，偶託微波，誤被采芳人識。清陰幾日鴛鴦夢，早淚瀉銅盤先濕。賸那時、炎熱難忘，怕説晚涼消息。　長抱芳心自苦，歎煙渚日暮，看朱成碧。折向西風，萬縷千絲，莫把此情重織。江流不盡吴宫怨，縱唱斷蓮歌誰惜？漫獨立，風露中宵，已是一天秋色。

下闋，汪先生曰：足以上繼玉田。

箋曰：高文，字石齋，江蘇南京人，金陵大學中文系畢業，曾任金陵大學中文系主任，現任河南大學教授。①

高陽臺

雨織清愁，香温斷夢，十年心事堪嗟。冷落歌燈，尊前怕聽琵琶。高樓祇在斜陽外，更爲誰、留滯天涯？但淒然，望極秋江，一片蒹葭。　歸來依舊吴山碧，對荒煙苑圃，古蘚紋紗。喬木蒼涼，明朝知是誰家？吟箋縱寄相思字，又何情、與説年華。待重追，昔日游踪，畫舫香車。

菩薩蠻

丁丑之秋，倭禍既作，南京震動。避地屯溪，遂與千帆結褵逆旅。適印唐先在，讓舍以居。驚魂少定，賦兹四闋

羅衣塵涴難頻换，鬟雲幾度臨風亂。何處繫征車？滿街煙柳斜。　危樓欹水上，杯酒愁相向。孤燭影成雙，驛庭秋夜長。

熏香繡閣垂羅帶，門前山色供眉黛。生小住江南，横塘春水藍。　倉皇臨間道，茅店愁昏曉。歸夢趁寒潮，轉憐京國遥。

鈿蟬金鳳誰收拾？煙塵澒洞音書隔。回首望長安，暮雲山復山。　徘徊鸞鏡下，愁極眉難畫。何日得還鄉？倚樓空斷腸。

長安一夜西風近，玳梁雙燕棲難穩。愁憶舊簾鈎，夕陽何處樓？　溪山清可語，且作從容住。珍重故人心，門前江水深。

箋曰：蕭奚煢，字印唐，四川墊江人，金陵大學國學特別研究班畢業，曾任國立女子師範學院等校教授。現已退休。抗戰初起時，印唐在屯溪安徽中學任教，故得爲余夫婦安置也。

蝶戀花 四首

塞迴洲荒何處住？南雁相逢，解道飄零苦。目斷平蕪來日路，碧雲四合山無數。　欲仗江魚傳尺素。愁水愁風，還恐無憑據。已向天涯傷日暮，黃昏更送瀟瀟雨。

轉轂輕雷腸九折。月逐征程，夜夜清輝缺。落盡繁香春早歇，西風苦自吹黃葉。　幾曲屏山山萬疊。翠幕金爐，此後應虛設。不惜流年供久別，歸時可有餘香爇？

苦恨重簾消息阻。十二闌干，曲曲迷塵霧。幾日青禽頻寄語，鏡中顏色渾非故。　別後關河秋又暮。枕障熏爐，都是相思處。歸夢欲隨明月去，高樓夜夜風兼雨。

斷續鄉心隨晚汐。江底愁魚，吹起波千尺。戍角一聲人語寂，四山無月天如漆。　午夜寒風欺敗壁。蠟淚縱橫，試問今何夕？敲缺唾壺秋雨急，新詞欲譜冰弦澀。

臨江仙 八首

昨夜西風波乍急，故園霜葉辭枝。瓊樓消息至今疑。不逢雲外信，空絕月中梯。　轉盡輕雷車轍遠，天涯獨自行遲。臨歧心事轉淒迷。千山愁日暮，時有鷓鴣啼。

箋曰：《臨江仙》八首作於一九三八年秋初入川後不久，歷叙自南京經屯溪、安慶、武漢、長沙、益陽終抵重慶諸事，極征行離別之情。此第一首，「波乍急」，「葉辭枝」，謂日寇入侵，人民流亡。「瓊樓」三句，謂前方消息斷絶，戰況不詳也。時余夫婦既結褵屯溪，以印唐之介，同執教於安徽中學，而南京既陷，屯溪亦危。余因督課有責，難以遽行。祖棻遂與學生四人先乘汽車去安慶，再溯江西上。新婚乍別，難以爲懷，故有「獨行」、「臨歧」之語也。

經亂關河生死別，悲笳吹斷離情。朱樓從此隔重城。衫痕新舊淚，柳色短長亭。　明日征程君莫問，丁寧雙燕無憑。飄零水驛一星燈。江空菰葉怨，舷外雨冥冥。

箋曰：此首寫離屯溪抵安慶所感。「朱樓」指南京舊居。「水驛」，安慶。後《八聲甘州》弔葉生萬敏殉國芷江之作有云：「記當時，烽映絳帷紅，弦歌雜軍聲。更壓城胡騎，連營戍角，難覓歸程。亂鵶殞星如雨，九死换餘生。征棹寒江夜，同賦飄零。」可以參證。

一棹蒹葭初艤處，依前燈火高城。水風吹袂酒初醒。鏡中殘黛緑，夢外故山青。　月墮漢臯留不得，更愁明日陰晴。涉江蘭芷亦飄零。淒涼湘瑟怨，掩淚獨來聽。

箋曰：此首寫由安慶乘船至武漢，又轉赴長沙，蓋與余約於長沙會合也。祖棻抵長沙後，先寓西園龍芷芬家，及余至，又寄居天鵝塘孫止畺寓所。「燈火高城」，謂武漢，時其地局勢尚未甚紛亂也。

畫舫春燈桃葉渡，秦淮舊事難論。斜陽故國易銷魂。露盤空貯淚，錦瑟暗生塵。　消盡蓼香留月小，苦辛相待千春。當年輕怨總成恩。天涯芳草遍，第一憶王孫。

箋曰：此首寫對南京之懷念及時局之關注。「消盡」二句，喻渴望在長期鬥爭後終於勝利。李義山《河內詩》云：「入門暗數一千春，願去閏年留月小。梔子交加香蓼繁，停辛佇苦留待君。」此其所本。「當年」三句乃祖棻當時對國民黨政府及蔣介石之看法。謂其過去作爲雖頗不理於衆口，然若能堅持抗戰，有補於國，則昔日之怨固可轉爲今日之恩也。末二句用《楚辭》淮南小山《招隱士》：「王孫游兮不歸，春草生兮萋萋。」「王孫」謂蔣。

望斷小屏山上路，重逢依舊飄飄。相看秉燭夜迢迢。覆巢空有燕，換酒更無貂。　風雨吟魂摇落處，挑燈起讀離騷。桃花春水住江臯。戊寅春，避地益陽，嘗賃廡桃花江上。舊愁流不盡，門外去來潮。

箋曰：此首寫一九三八年春小住長沙及益陽事。其時余夫婦失業，寄寓孫家，居室短窄，而意氣不衰。暇時每共讀《楚辭》，以抒其磊落不平之氣。他日，祖棻有詩寄止畺云：「湖海元龍讓上牀，肯令梁孟住長廊。楚辭共向燈前讀，不誦湘君誦國殤。」又云：「狂歌痛哭正青春，酒有深悲筆有神。嶽麓山前當夜月，流輝曾照亂離人。」與此詞之「風雨」二句，皆紀實也。旋余攜棻去益陽，任教於桃花江畔之龍洲師範學校，月餘病罷，遂仍返長沙，轉鄂入川。

百草千花零落盡，芙蓉小苑成秋。雲間迢遞起高樓。笙歌隨酒暖，燈火與星稠。　霏霧冥冥閶闔遠，憑誰訴與離憂？吟邊重見舊沙鷗。巴山今夜雨，短燭費新愁。

箋曰：此首寫初抵重慶光景。上闋以淪陷區之凋敝與大後方之繁華對比，即當時所謂前方喫緊，後方緊喫也。下闋寫江南師友重聚。後《喜遷鶯》云：「重逢何世？賸深夜、秉燭翻疑夢寐。」又云：「寸水千岑，盡是傷心地。」可互證也。

碧檻瑤梯樓十二，驕驄嘶過銅鋪。天涯相望日相疏。漢皋遺玉珮，南海失明珠。　銜石精禽空有恨，驚波還滿江湖。飛瓊顏色近何如？不辭寬帶眼，重讀寄來書。

上闋，汪先生曰：身世家國之恨打成一片。

箋曰：此首寫戰局失利，汪精衛投敵。「碧檻」三句，喻沿海沿江名城淪陷，敵軍長驅直入，流亡至後方之人民與故鄉相距愈遠也。「驕驄」，寇騎也。一九三八年十月二十一日，廣州失守，越四日，武漢亦陷，故曰「南海失明珠」，「漢皋遺玉珮」。同年十二月，汪精衛叛變，由重慶逃往河内，發表宣言，響應日本内閣總理大臣近衛文麿調整中日關係三原則，引起國内外極大震動。汪少時從事民族民主革命，嘗自比神話中欲銜木石以填滄海之精衛鳥，以示至死不渝之意。乃晚節不終，竟墮落爲漢奸，故曰「空有恨」也。「飛瓊」句，慮蔣介石難以承受此挫折，並望其不變抗戰到底之初衷也。「飛瓊」指蔣，「顏色」喻心情。「寄來書」指一九三七年八月十三日日本進犯上海，全面抗戰開始後，國民黨政府所發表之自衛宣言。此件發表已年餘，故曰「重讀」。「不辭」二句，謂己憂思之深，至腰圍瘦損，革帶移孔而不惜也。

寂寂珠簾春去也，燕梁落盡香泥。經年歸夢總迷離。拋殘鏤玉枕，空惜縷金衣。　喬木荒涼煙水隔，杜鵑何苦頻啼？鳳城幾度誤心期。凭闌無限意，腸斷日西時。

箋曰：此首總結前文。寇患日深，鄉愁日重。收京難期，惟有斷腸而已。南京爲當時首都，故以「鳳城」稱之。

汪先生曰：此與《菩薩蠻》、《蝶戀花》諸作，皆風格高華，聲韻沈咽。韋馮遺響，如在人間，一千年無此作矣。

喜遷鶯

亂後渝州重逢寄庵、方湖兩師，伯璠、素秋、淑娟、叔楠諸友，酒肆小集，感賦

重逢何世？賸深夜、秉燭翻疑夢寐。掩扇歌殘，吹香酒釅，無奈舊狂難理。聽盡杜鵑秋雨，忍問鄉關歸計。曲闌外，甚斜陽依舊，江山如此。　扶醉。凝望久，寸水千岑，盡是傷心地。畫轂追春，繁花醞夢，京國古歡猶記。更愁謝堂雙燕，忘了天涯芳字。正淒黯，又寒煙催暝，暮笳聲起。

箋曰：汪東，字旭初，號寄庵，江蘇吴縣人，曾任中央大學文學院院長、中文系主任，已故。汪國垣，字辟疆，號方湖，江西彭澤人，曾任中央大學、南京大學教授，已故。章璠，字伯璠，江西南昌人，中央大學中文系畢業，王曉雲妻。尉素秋，江蘇碭山人，中央大學中文系畢業，任卓宣妻，曾任成功大學中文系主任，現居臺北。杭淑娟，安徽懷遠人，中央大學中文系畢業，楊德翹妻，已故。趙淑楠，江蘇人，翟某妻，祖棻在重慶時友人。

浣溪沙 四首

簾幕重重護燭枝，碧闌干外雨如絲。輕衾小枕乍寒時。弦譜相思鸞柱澀，夢愁遠别麝熏微。昨宵新病酒杯知。

夢外沈沈夜漸長，飄燈庭院雨絲涼。重帷自下鬱金堂。燭有愁心猶費淚，香如人意故迴腸。零星往事耐思量。

夢醒銀屏人未還，暮雲西隔幾重山。鏡中萬一損眉彎。不分流離還遠别，卻因辛苦倍相關。嚴城清角正吹寒。

幾日清塵黯鏡鸞，猩屏輕颺藥爐煙。更無雁字到愁邊。朔雪關山羌笛怨，新霜庭院井梧寒。卷簾人瘦晚風前。

箋曰：余時方爲小吏於西康省建設廳以糊口，每往返康定、重慶之間，故祖棻有此念遠之作也。

玉樓春

繡衾慵展金泥鳳，幾日相思羅帶重。當樓柳色怕關情，壓枕春愁還入夢。嚴城四面悲笳動，簾外輕寒誰與共？杜鵑啼徹月痕低，永夜燈花猶自弄。

浣溪沙

綺重羅輕乍暖寒，酒醒愁倚碧闌干。一春夢雨有無間。　零落繁香鵑有淚，因循芳訊燕空還。錦屏人隔萬重山。

惜紅衣

繡被春寒，秋燈雨夕，藥煙縈碧。怯上層樓，新來漸無力。空帷對影，聽四面、悲笳聲急。淒寂。三兩冷螢，映輕紗窗槅。　初鴻遠驛，雪嶺冰河，依稀夢中歷。書成諱病，淚濕數行墨。幾日薄羅嫌重，莫問帶圍寬窄。但枕函沈炷，猶解勸人將息。

汪先生曰：此詞以夢窗詞校之，則白石原作應以「詩客岑寂」斷句，「客」字乃碰韻耳。下闋則以「維舟試望故國」爲句。「渺天北」，三字句。夢窗既解音律，又親從白石游，斷更可信。惟鄭、朱等和姜韻已皆如此讀，自亦未爲不可。

霜葉飛

歲次己卯，余卧疾巴縣界石場，由春歷秋。時千帆方于役西陲，間關來視，因共西上，過渝州止宿。寇機肆虐，一夕數驚。久病之軀不任步履，艱苦備嘗，幸免於難，詞以紀之晚雲收雨。關心事，愁聽霜角淒楚。望中燈火暗千家，一例扃朱户。任翠袖、凉沾夜露。相扶還向荒江去。算唳鶴驚烏顧影，正倉皇，咫尺又催笳鼓。

重到古洞桃源，輕雷乍起，隱隱天外何許？亂飛過鷁拂寒星，隕石如紅雨。看劫火、殘灰自舞，瓊樓珠館成塵土。況有客、生離恨，淚眼淒迷，斷腸歸路。

箋曰：抵重慶後，余赴康定，祖棻旋亦至巴縣界石場，執教於邊疆學校。此時又偕余溯江西上，擬暫住雅安，避寇養病。以其時先君亦寓其地也。

浣溪沙十首

一別巴山棹更西，漫憑江水問歸期。漸行漸遠向天涯。　詞賦招魂風雨夜，關山扶病亂離時。入秋心事絶淒其。

久病長愁損舊眉，低徊鸞鏡不成悲。小鬟多事話年時。　賸水殘山供悵望，舊歡新怨費沈思。更無雙淚爲君垂。

家近吴門飲馬橋，遠山如黛水如膏。妝樓零落鳳皇翹。　藥盞經年愁漸慣，吟箋遺病骨同銷。輕寒惻惻上簾腰。

庭院秋多夜轉賒，寒凝殘燭不成花。小窗風雨正交加。　客裏清尊惟有淚，枕邊歸夢久無家。斷腸更不爲年華。

雲鬟如蓬墮枕窩，病懷禁得幾銷磨。鈿盟釵約恐蹉跎。刻意傷春花費淚，薄游扶醉夜聽歌。清愁爭得舊時多。

折盡長亭柳萬條，天涯吟鬢久飄颻。秋魂一片倩誰招？沽酒更無釵可拔，論文猶有燭能燒。與君同度乍寒宵。

斷盡柔腸苦費詞，朱弦乍咽淚成絲。年來哀樂儻君知。病枕愁迴江上棹，秋風重檢舊家衣。見時辛苦況分離。

呵壁深悲問不應，鬘天一望碧無情。鬢絲眉萼各飄零。心篆已灰猶有字，清歡化淚漸成冰。難將沈醉換長醒。

今日江南自可哀，不妨庾信費清才。吟邊萬感損風懷。應有笙歌新第宅，可憐煙雨舊樓臺。謝堂雙燕莫歸來。

碧水朱橋記昔游，而今換盡舊沙鷗。江南風景漸成秋。故國青山頻入夢，江潭老柳自縈愁。强因斜照一登樓。

蝶戀花 四首

偶向碧桃花下見。欲贈明珠，珠淚翻成串。苦恨相逢春已晚，花前更勸深深盞。寄語舊盟終不變。羅帶當時，雙結同心綰。飛絮游絲空歷亂，春來自閉閒庭院。

膩粉零香飄泊久。盼到相逢，病枕人消瘦。昨夜星辰今日酒②，尊前漸覺情非舊。不管秋風遲與驟。團扇恩深，長戀君懷袖。百草千花凋謝後，香蓮自覆連枝藕。

殘照關河秋欲暮。扶病香車，翠袖沾霜露。冰雪更愁西去路，寒沙盡處山無數。解繫游驄留客住。門外垂楊，終是多情樹。夜半羅帷遮密語，相憐祇有儂和汝。

碧樹已凋芳草歇。過了清秋，簾幕多風雪。昨夜帶羅猶未結，夢醒又是關山別。記取團圞天上月。常似連環，莫便翻成玦。繡被餘香終不滅，相思留待歸時説。

踏莎行 四首

燭淚初銷，爐香漸燼。相逢又是分攜近。當時原作一生拚，尊前今日歡難盡。昨夜星辰，今春花信。陰晴明日渾無準。鬢雲眉黛幾多青，年年鸞鏡供離恨。

颺夢茶煙，迴腸香印。晚風帷幕寒成陣。夜闌留取燭花紅，蠟盤不惜灰成寸。寶鏡塵昏，羅衫淚暈。眉痕深淺憑誰問？卷簾日日倚朱樓，燕翎不寄春前信。

衣上征塵，鏡中殘黛。千花百草慵迴睞。帶羅自暖舊時香，同心結在終難解。別夢成雲，春愁如海。游絲苦恨重簾礙。年年芳草遍天涯，香車祇在斜陽外。

錦瑟塵生，藥爐煙靜。天涯相望紅樓迥。小梅枝上又東風，羅衾猶是前春病。更箭偏長，香篝漸冷。殘宵留得燈前影。卷簾今夜月眉彎，闌干倚處誰堪並？

虞美人

寒梅落盡江南遠，羌笛關山怨。不辭腸斷寫離情，更恐筆花蘸淚易成冰。　瓊樓玉宇今何似，未有歸鴻字。舊歡還到夢魂中，無奈夢回簾外五更風。

燭影摇紅

雅州除夕

換盡年光，燭花依舊紅如此。故家簫鼓掩胡塵，中夜悲笳起。撥冷爐灰未睡，忍重提、昆池舊事。明朝還怕，賸水殘山，春歸無地。　彩燕飄零，玉釵蓬鬢愁難理。當筵莫勸酒杯深，點點神州淚。空憶江南守歲，照梅枝、燈痕似水。星沈斗轉，北望京華，危闌頻倚。

鷓鴣天

寄千帆嘉州，時聞擬買舟東下

多病年來廢酒鍾，春愁離恨自重重。門前芳草連天碧，枕上花枝閒淚紅。　從别後，憶行踪。孤帆潮落暮江空。夢魂欲化行雲去，知泊巫山第幾峰？

箋曰：一九四一年春，余在樂山，任教技藝專科學校，時有友人爲余謀重慶講席，已而未果。

故詞云爾。

蝶戀花

雲外青禽傳信到。恰是銀屏，昨夜燈花照。十幅蠻箋書字小，語多轉恨情難了。紅袖高樓臨大道。不信游人，卻説還鄉好。解道還鄉須及早，緑窗人易朱顔老。

鷓鴣天

何處清歌可斷腸？終年止酒臢悲涼。江南春水如天碧，塞上寒雲共月黄。波渺渺，事茫茫。江鄉歸路幾多長？登樓欲盡傷高眼，故國平蕪又夕陽。

玲瓏四犯

寄懷素秋用清真體

照海驚烽，早處處空城，寒角吹遍。轉盡車塵，纔得間關重見。杯酒待换悲涼，可奈舊狂都減。未凭高客意先倦，淒絶故園心眼。夜窗秋雨燈重翦。有離人、淚珠千點。傷心更作天涯别，回首巴山遠。愁寄一葉怨題，寫不盡、吟邊萬感。臢斷魂夜夜，分付與，寒潮管。

瑣窗寒

照壁昏燈，敲窗亂雨，閉寒孤館。離魂一縷，欲共藥煙飄斷。最淒涼、夢回漏殘，影扶病骨衾重展。甚爐灰燭淚，銷磨不盡，故歡新怨？　雙燕，歸來晚。更莫問當年，酒邊春感。前游縱續，早是心情都換。任秦箏、零落雁行，賦愁漸覺如今懶。奈吹殘、笛裏梅花，極目江南遠。

霜花腴

久不得素秋書，郤寄

幾番夜雨，隔亂雲、憑誰問訊巴山？輕夢驚春，賸寒欺病，孤衾自擁吳綿。帶圍漸寬，歎賦情、猶費吟箋。負心期、藥裹商量，小窗燒燭對牀眠。　江水帶潮回處，甚相思一字，不寄愁邊？歌扇飄香，珠燈扶醉，清歡忍記當年。莫凭畫闌，對晚空、如此山川。念鄉關、別後無家，更愁聞杜鵑。

解連環

余既賦《金縷曲》示印唐，來書云：「得詞泣誦再三，並傳觀師友，以博同聲一哭。」因更寄此解

暮雲天北，趁歸鴻説與，病中消息。望故國、千尺胡塵，歎零落錦囊，枉拋心力。絶塞冰霜，早催

換、春風詞筆。想吟殘燭影，濕透墨花，彩箋無色。京華古歡已擲。念過江意緒，同是愁客。算此日、餘淚無多，便傷別傷春，忍教輕滴。滿目山河，且留向、新亭悲泣。漫關心、斷腸舊句，幾人會得？

箋曰：《金縷曲》見《外集》。

摸魚子

再寄素秋

記秦淮、勝游歡宴，驚風何事吹散？狂烽苦逐車塵起，經歲間關流轉。歸路遠。歎故國、盟鷗卻向巴江見。離愁又滿。甚歌席深杯，燭窗秋雨，都化淚千點。　茶煙外，錦瑟華年偷換。朱弦難譜哀怨。江郎彩筆飄零久，今日畫眉都懶。往在南雍，嘗推眉樣第一，秋每以相戲。因賦詩解之曰：「誰憐冷落江郎筆，不賦文章秖畫眉。」君莫管。任扶病、登樓更盡望京眼。流光易晚。問斟酌詞箋，商量藥裹，何日鎮相伴？

燭影摇紅

喚醒離魂，熏爐枕障相思處。漏驚輕夢不成雲，散入茶煙縷。密約鸞釵又誤，背羅帷、前歡忍數。

燭花吹淚，篆字迴腸，相憐情苦。　題遍新詞，問誰解唱傷心句？闌干四面下重簾，不斷愁來路。將病留春共住。更山樓、風翻暗雨。歸期休卜，過了清明，韶華遲暮。

汪先生曰：人但賞「闌干」兩句，不知此下字字沈頓，尤爲淒咽。

箋曰：「人」，謂章行嚴丈也。丈《題〈涉江詞〉》詩有云：「重看四面闌干句，誰後滕王閣上人？」

浪淘沙慢

斷腸處，樓頭柳色，陌上車轍。殘篆和灰再撥，吟箋卷淚自疊。待贈與、連環情不絕，又還恐、輕碎成玦。賸欲託微波向君訴，沈沈暮天闊。　淒切，素弦未弄先折。便一片、春江流愁去，更奈江水咽。拚挽斷羅巾，從此離別。舊香未滅，偏繫人、鸞帶當時雙結。　休憶江南芳菲節，闌干外、月華漸缺。念前約、相思銷病骨。怕春晚、寂寂空庭，伴獨客，梨花滿地鵑啼血。

二疊，汪先生曰：與上層意相對。

大酺

春雨和清真

望暮雲重，香爐潤，煙縷微颺深屋。絲絲愁影亂，正珠簾低掩，玉鉤輕觸。沁骨商聲，消魂遠韻，慵聽人間絲竹。難忘當年事，漸江南地溽，脆梅將熟。歎鸞枕添寒，畫簷驚夢，錦衾人獨。題紅流去速，問行客、何處停車轂？對暝色、繁枝飄淚，社燕尋泥，倚危樓、爲誰凝目？卻念多情月，應不到、舊時闌曲。又寒汐、生江國。風卷羅幕，涼逼燈花如菽。夜深共誰翦燭？

「涼逼」句，汪先生曰：六字横絶。

①程箋此類涉時間的表述均不予改動。

②「夜」，底本作「日」，據《涉江詞稿》油印本、《涉江詞》、《沈祖棻創作選集》改。

涉江詞乙稿

海鹽沈祖棻子苾撰　閒堂老人程千帆箋

宴清都

庚辰四月，余以腹中生瘤，自雅州移成都割治。未痊而醫院午夜忽告失慎。奔命瀕危，僅乃獲免。千帆方由旅館馳赴火場，四覓不獲，迨曉始知余尚在。相見持泣，經過似夢，不可無詞

未了傷心語。迴廊轉、緑雲深隔朱户。羅裀比雪，并刀似水，素紗輕護。憑教翦斷柔腸，割瘤時並去盲腸。翦不斷相思一縷。甚更仗、寸寸情絲，殷勤爲繫魂住。　迷離夢回珠館，誰扶病骨，愁認歸路。煙橫錦榭，霞飛畫棟，劫灰紅舞。長街月沈風急，翠袖薄、難禁夜露。喜曉窗，淚眼相看，

搴帷乍遇。

「長街」以下，汪先生曰：清真家數。

蝶戀花

醫院既燬，寄寓友所而日就治焉。尋帆因事先返嘉州，居停又以寇機夜襲移鄉。流徙傳舍，客況愈難爲懷矣

珠箔飄燈人又去。月冷荒城，警角聲淒楚。瘦影相扶愁轉步，香瘢未褪紅絲縷。　訪里尋鄰迷舊處。燕子驚飛，更傍誰家住？腸斷千山聞杜宇，夢中不識江南路。

下闋，汪先生曰：是墨是淚。

箋曰：「友」，謂唐圭璋兄也。祖棻與余嘗暫居其小福建營寓所。後唐兄移居郊外，祖棻又遷女青年會寄宿舍。

掃花游

與磊霞、漢南、白匋、石齋諸君茗話少城公園，時久病初起也

藥爐乍歇，歎病眼高樓，暗傷春暮。小園試步。算重逢忍説，過江情緒。酌夢斟愁，散入茶煙碧縷。

勝游處，早歌管樓臺，都化塵土。離恨知幾許？付白石清詞，草堂新句。素弦漫譜。更闌干咫尺，易催笳鼓。綠遍垂楊，不是江南舊樹。少城路，但淒然、一天風絮。

箋曰：佘賢勳，字磊霞，安徽無爲人，金陵大學中文系畢業，曾任金陵大學中文系主任，已故。周蔭棠，字漢南，安徽桐城人，金陵大學中文系畢業，曾任湖南大學歷史系教授，已故。吴徵鑄，字白匋，江蘇儀徵人，金陵大學中文系畢業，曾任南京大學教授，已故。

過秦樓

六月重入四聖祠醫院作

別院飛花，斷簷歸燕，是處舊愁縈惹。芳裀乍拂，藥盞初温，尚認賸脂零麝。誰念未褪香瘢，重試并刀，素綃輕卸。甚相逢苦記，華鬘殘劫，那時情話。休更問、病怯高樓，寒生哀角，萬一好天良夜。纔移月色，還怕新晴，睡起繡簾先挂。輸與鄰娃夢回，魚膾金盤，橙遺羅帕。但孤燈寫影，又是黄昏近也。

上闋，汪先生曰：叙事細膩熨貼，是詞境最難處。

下闋，汪先生曰：宛轉極矣。而下語乃如珠走盤，如丸下坂，經營刻意，復返自然，如是如是。

箋曰：下闋云云，蓋寇機時有夜襲，故以「良夜」、「月色」爲憂也。

鷓鴣天

再病新愈，白匋、石齋雨夕邀飲，漫拈此調

乍拂塵鸞試晚妝，鈿車路轉趁垂楊。當筵酒盞欺新病，開篋羅衣歇舊香。花市散，角聲長。錦城絲管久淒涼。一川煙草黄梅雨，不是江南更斷腸。

箋曰：此詞有白匋和作云：「閒夢江南細馬馱，繁櫻千樹覆春波。錦江縱有花如雪，一夜高樓濺淚多。　拋遠恨，仗微酡。新烹玄鯽引紅螺。莫教重聽瀟瀟雨，還爲今宵唤奈何。」

喜遷鶯

七月，帆來視疾，適余病告瘥，共返嘉州。前夜，國泰、孝感、婣壽諸醫師約觀《巧女歌聲》影片話别。三君蓋南雍醫學院同學也

銀屏初遇。算南雁盡是，寒江愁侶。藥碗頻調，錦衾輕掩，生怕病懷淒苦。無分小窗清硯，卻恨相逢遲暮。笑相約，倩烏絲重寫，東陽詩句。在院時，三君見余《微波辭》而好之，孝感並約病愈以詩爲贈。

更鼓。催永夜。繡幕繁弦，黯黯生離緒。月淺燈深，柿紅茶緑，猶記畫樓言語。待拚後期無準，休到舊曾來處。陌塵起，賸香車載得，歌雲歸去。

「無分」二句，汪先生曰：兩語包括多少。

箋曰：陶國泰，江蘇無錫人，南京兒童心理衛生研究中心教授。吴孝感，江蘇南京人，成都草堂療養院主任醫師，已退休。富嫺壽，浙江海鹽人，劉載生妻，哈爾濱醫科大學教授，已故。抗日戰爭中，中央大學遷蜀，醫學院在成都，三君時肄業其中，實習於四聖祠醫院，故得與祖棻交往。祖棻所寫《贈孝感》一詩，見其創作選集及新詩集。

尉遲杯

醫院被災，余衣物盡燬於火。素秋、天白先後有綈袍之贈，賦此爲謝

歸來晚。歎繡閣、一桁餘香遠。愁他薄雨微寒，閒了熏爐煙篆。脂痕酒唾，曾惜取、京華舊塵染。怕銀屏、一夕西風，便催秋夜刀翦。　遥寄蜀錦吴綿，初展拂、淒涼客意先暖。翠縷金針輕度處，尚彷彿、情絲宛轉。應留待、收京出峽，好珍重、詩書共笑卷。便吟箋、寫遍相思，莫教珠淚頻點。

「應留待」二句，汪先生曰：是何神力。

箋曰：徐品玉，字天白，江蘇常熟人，中央大學中文系畢業，卜少夫妻，時與尉素秋皆居香港。

摸魚子

繫香車、客塵初浣，病餘人在江館。此回翻悔重逢錯，角枕錦衾天遠。明鏡畔，甚隔世相思，未抵尋常見。闌干繞遍。歎彩筆愁新，玉箏弦急，休更語恩怨。　黄昏後、沈醉悲涼待換。清尊貯淚

先滿。成灰寶篆心無字，不比舊時腸斷。春夢短。漸秋冷銀屏，畫燭流光轉。西風易晚。賸扇外殘螢，簾前皓月，來照古書卷。

箋曰：晏小山《阮郎歸》云：「欲將沈醉換悲涼，清歌莫斷腸。」「沈醉」句，汪先生曰：用小山語，謂以沈醉換卻悲涼也，然句意未醒。

雙雙燕

白匋寄示新製燕詞，謂有華屋山邱之感，依調奉和

海天倦羽，又苔井泥香，柳花如灑。紅英落盡，忍憶故臺芳榭。深巷斜陽欲下，更莫説、當時王謝。尋常百姓人家，一例空梁殘瓦。聊借，風簷絮話。甚信息沈沈，繡簾慵挂。移巢難穩，是處雨昏寒乍。無奈鄉愁苦惹，枉盼斷、年年春社。朱户有日雙歸，卻恐歲華遲也。

汪先生曰：梅溪傷巧，如此乃爲雅詞。

箋曰：白匋原作云：「倦飛海燕，傍華屋頹垣，玳梁殘瓦。呢喃不住，似覓故人情話。簷角蛛絲細惹，帶細雨、翾翾欲下。西征幾日重歸，望眼全迷鄉社。清夜，歌休舞罷。起少婦愁新，淚封綃帊。春煙啼冷，夢入斷紅零麝。商略巢林去也，又共止、荆扉茅舍。遥想是處雙棲，卻勝舊時王謝。」

虞美人

晚妝著意添螺黛，自結同心帶。欲將雙淚落君前，更恐相看不記舊時歡。　新聲澀盡鸞弦柱，莫把相思譜。熏爐重暖爇餘香，猶有昨宵殘夢繞迴廊。

月華清

中秋

征雁驚弦，飛烏繞樹，幾年塵滿香徑。樺燭清觴，節物故家休省。素娥愁、桂殿秋空，漢宮遠、露盤珠冷。端正。想山河暗缺，故遮雲影。　高處驂鸞未穩。莫忘了天涯，此回潮信。舊舞霓裳，零譜斷弦誰聽？早催還、翠水仙槎，待重認、碧天金鏡。更永。漸雲鬟霧濕，畫闌愁凭。

齊天樂

闌干一夜霜華重，涼生凭高雙袂。倦雁歸心，殘蟬病翼，多少天涯愁思？清尊待洗。算難換悲涼，莫拚沈醉。蠹管塵箋，客窗猶解伴憔悴。　重城回首自遠，小屏風上路，流夢江水。窄枕偎寒，微燈聽雨，長憶西樓翠被。熏籠漫倚。怕絳蠟深宵，等閒飄淚。故笑新顰，懶尋明鏡裏。

鷓鴣天

六扇晶窗向水開，小樓霜月獨徘徊。病情渾似風簾燭，心字空殘寶篆灰。　欹屋樹，上階苔。昨宵夢到舊亭臺。輕寒莫放重帷下，萬一江南有雁來。

齊天樂

煙村疊鼓催殘歲，輕舟忍商歸計。古鼎供梅，金爐暖酒，空記年時清事。愁盈鳳紙。悔刻羽移宮，怨紅啼翠。一寸相思，篆灰寒透舊心字。　瓊樓珠箔換盡。那時明月在，相照無寐。老樹棲鴉，荒沙掩石，雲壓江聲不起。幽懷暗理。賸暫伴孤吟，欲招山鬼。瘦竹霜濃，袖羅還自倚。

鳳凰臺上憶吹簫

歲暮寄千帆雅州

錦瑟生塵，蠟盤銷淚，近來無分閒愁。漸裊殘沈炷，懶挂簾鈎。休問行雲別後，山共水、何處淹留？迴文字，緘恩寄怨，雁也應羞。　悠悠。此情不盡，終日倩流波，洗夢江頭。正一天煙雨，慵自凝眸。還任春風偷換，將柳色、青上妝樓。餘清事，商量苦吟，靜待歸舟。

汪先生曰：漱玉遺韻。

箋曰：時余執教樂山技藝專科學校，以寒假歸省雅安，故祖棻有此寄也。

六幺令

殘年新歲，有感京都舊歡，賦寄千帆

滿城簫鼓，相趁城南陌。歸來小簾私語，密約燒燈夕。立盡花陰淡月，暗把金釵擘。雲羅千尺，屏山一角，歡事瓊樓忍重憶。　星辰依舊昨夜，露冷蒼苔濕。銀字待譜新聲，轉軸商弦澀。相守空憐蠟炬，殘淚中宵滴。詞箋吟筆，清狂消盡，始信相思了無益。

阮郎歸

晚妝自向鏡中看，長眉彎又彎。夜深香炷漸燒殘，篆灰寒未寒。　雲漠漠，路漫漫。銀屏山上山。莫將羅帶結雙鴛，同心難更難。

浣溪沙

淺碧窗紗罨畫牆，天涯闌檻一相望。平蕪漠漠入寒江。　萍水難消殘絮恨，燕泥誰念故枝香？啼鵑庭館又斜陽。

蘇幕遮

短檠前，微雨外。欹枕熏爐，都換年時意。欲仗清歌成薄醉。夢斷高樓，舊日笙簫地。　翠尊空，哀角起。零落朱闌，休爲傷春倚。一點愁心無處寄。付與楊花，灑作彌天淚。

玉樓春

目成未必心相許，經歲高樓江上住。熏爐繡被夢猶寒，亂水流花春自去。　晚風吹斷沈煙縷，一桁疏簾垂細雨。卻將香篆此時灰，苦畫鈿釵當日語。

燕山亭

花外殘寒，垂下畫簾，盡日絲絲風雨。纔道這回，遣得愁心，又被兩眉留住。篆字成灰，費多少、沈香煙縷？無據。漫記取書中，那時言語。　渾懶傷別傷春，任雙燕，梁間暫來還去。山長水遠，忍憶當年，江南舊逢君處。忘卻相思，猶夢見、墜歡如故。何苦？連夢也、不如休做。

末句，汪先生曰：尋常語，翻進一層，便爾深刻。

薄倖

賸寒做雨，懶料理、傷春意緒。甚點點、楊花吹起，又是舊愁來處。縱賦情、猶似當年，沈吟忘了相思句。歎衹此雙蛾，能供幾盼，容易新妝成故。　便望盡、天涯路，惟衹見、緑陰無數。也知潮難準，黏天風浪，不辭更向江頭住。水窗山户。怕輕煙薄靄，尋常化作行雲去。燈殘夢醒，還共餘香自語。

上闋，汪先生曰：無句不轉，而又一氣貫注，便置周、柳集中，猶爲上乘。

下闋「也知」三句，汪先生曰：沈痛忠厚。

摸魚子二首

送春

透重簾、晚來風急，繁香零落如許。夕陽容易黄昏近，何況斷雲吹雨。流景暮，便賸水殘山，千萬留春住。閒愁忍訴。甚密綴朱幡，遍生芳草，不阻去時路。長堤上，多少江南舊樹。而今空惹離緒。飛紅點點相思淚，惟有杜鵑聲苦。腸斷處，歎亂蝶狂蜂，竟作園林主。凭闌自語。儘分付江梅，丁寧社燕，後約莫相誤。

過清明、幾番晴雨，還愁寒滯風驟。秋千拆了芳時换，容易緑新紅舊。苔似繡，便密繫金鈴，不是尋常有。離愁暗逗。算囀夢流鶯，棲香粉蝶，未解鎮相守。東風老，漫記熏梅染柳。殘鵑空自啼瘦。飛花過盡簾櫳静，無奈翠陰長晝。春去後，渺芳信天涯，休問來時候。詞箋譜就。念歸燕空林，題紅遠水，能寄此情否？

汪先生曰：比興之體，最近碧山。

鷓鴣天

聊借春寒掩畫屏，賦愁零句久慵賡。蠶絲燭淚當時意，禪榻茶煙此日情。　花賸蜜，絮爲萍。不妨風雨下帷聽。卻憐數盡殘更漏，一枕收京夢未成。

水龍吟

與千帆共檢行篋，得舊日往返書簡數百通。離亂經年，歡悰都盡，因將綺語，悉付摧燒。紀之以詞云爾

幾年塵篋重開，古芸尚護相思字。釵盟鈿約，此中多少，故歡清淚。學寫鴛鴦，暗瞞鸚鵡，封題猶記。更飄燈隔雨，吟箋小疊，憑商略、游春意。　惆悵玉爐紅起，攬三生、夢痕都碎。傳恩遞怨，風懷漸老，柔情漫費。煙裊殘絲，灰温賸火，舊愁消未？算從今但有，平安一語，倩飛鴻寄。

瑣窗寒

蜀道鵑啼，江潭柳老，又逢春晚。風多霧重，未料夜寒深淺。近黄梅、雨絲自飄，斷腸卻恨江南遠。更路長漏短，夢魂難到，舊家池館。　經眼，芳菲換。歎故國青蕪，燕斜蜂亂。泥香蜜熟，已是繁紅都變。早樓臺、歌罷舞休，戍笳暗咽邊角怨。正煙迷、四面遥山，漫把珠簾卷。

浣溪沙

踠地疏簾日影移，梅風添困起來遲。賸寒新暖費禁持。　胡蝶花間猶有夢，吳蠶簇上漸無絲。錦屏春去不多時。

瑞鶴仙

前游休更記，便珠燈飄夢，歌雲扶醉。多時已無味。況高樓四面，悲笳吹起。閒愁倦理，縱傷春、都妨刻意。到銀荷、蠟炬成灰，始信淚花空費。　還是。楝風梅雨，不似江南，舊時天氣。闌干近水，看一點露螢墜。換單衫小扇，塵箱斷鎖，重檢殘羅賸綺。料流波、不過橫塘，尺書漫寄。

澡蘭香

辛巳重午

三年蓄艾，五色纏絲，一縷宮魂暗續。江沈楚魄，渡競吳舟，往事自傷心目。記銀盤、纖手包香，家家新炊黍熟。遠水迷煙，忍問汀洲菰綠。　永晝商量薄醉，莫惜蒲觴，更傾醽醁。殘題小扇，舊淚單衫，未稱畫屏蘭浴。又牆陰、紅到榴花，消息歸期未卜。漫更憶、潑酒添熏，當時裙幅。

壽樓春

茗肆夜話，客有念白門消夏之樂者，感而賦此

尋荷亭追涼。有霓燈亂月，冰盞凝霜。是處風迴金扇，麝飄羅裳。籠冷霧，添秋光。向廣寒、瓊宫瑶廊。任對影聞聲，聽歌看舞，垂幕度新腔。　清歡歇，離愁長。賸胡笳動地，烽火連江。永夜荒蛩吟砌，濕螢穿窗。蘿補屋，莓侵牆。曳瘦笻、河橋茶坊。甚零夢如塵，今宵異鄉空斷腸！

「任對影聞聲」句，汪先生曰：陳語新用極妙。

箋曰：「對影聞聲已可憐」，李義山《碧城》詩句也，此以喻有聲電影。

點絳唇

近水明窗，煙波長愛江干路。亂笳聲苦，移向山頭住。　徑曲林深，惟有雲來去。商量處，屋茅須補，莫做連宵雨。

汪先生曰：自此以下，詞境又一變矣。大抵如幽蘭翠篠，洗凈鉛華。彌淡彌雅，幾於無下圈點處。境界高絶。然再過一步，恐成枯槁，故宜慎加調節耳。

箋曰：居樂山時，始賃廡徐家堝，旋以避空襲，遷學地頭，舊學宫荒地也，與劉丈弘度及錢歌川先生爲鄰。以地名不文，改稱雪地。屋在一小丘之巔，下臨清溪，風物甚佳，故詞中頗及之。

南鄉子

家住雪山西，轉向斜橋過淺溪。山下瓜棚茅屋外，參差，一帶牽牛短竹籬。　重疊樹成圍，石徑迴環翠濕衣。更逐閒雲峰頂去，休迷，吠犬當門不掩扉。

清平樂

榴紅艾碧，乍過端陽節。閒倚玉箏消永日，猶恨日長無力。　羅衣厨下經年，重熏換了爐煙。多少酒痕塵點，明朝浣向溪邊。

攤破浣溪沙

豆莢瓜藤處處栽，柴門還在最高崖。一雨經宵庭草長，上閒階。　山色故教雲作態，好風常與月相偕。小犬隔林遙吠影，有人來。

減字木蘭花

燈窗乍曉，警報無端驚夢早。多少人家，纔疊羅衾未煮茶。　斷魂誰管？付與輕雷天外轉。蓬户重歸，又是疏簾卷落暉。

調笑令

人静，人静，滿地横斜樹影。小廊如水澄清，今夜千山月明。明月，明月，警角中宵愁絶。

卜算子

野藿不盈筐，曉市歸來遠。日日量珠斫桂炊，强説加餐飯。　碧褪舊羅衣，重向風前浣。小扇迴廊約晚涼，猶有閒庭院。

浣溪沙

庭樹陰陰日漸移，幽窗午夢乍醒時。殘蟬聲在最高枝。　雲影無心留作雨，山痕隨意淡如眉。晚涼窗户上燈遲。

生查子

雲垂四野荒，月黑千山暝。夜客越林來，犬吠星前影。　迴燈夢乍驚，搴幔風偏冷。深院斷無人，落葉飄金井。

虞美人

年時短柄輕團扇，一樣流螢亂。舊時明月舊時風，換了舊時庭院小簾櫳。　藥闌花榭今誰住？魂夢愁歸去。秋聲籬落上燈尋，欲喚吟蛩共話十年心。

菩薩蠻

新涼早透朱簾罅，翦刀閒過中秋夜。暮雨莫添寒，高樓羅袖單。　熏籠經歲別，故篋餘香歇。昨夢到横塘，一川煙草長。

法曲獻仙音

鴉和弘度丈

流水孤村，野屯悲角，幾度荒煙催暝。月皎頻驚，炬明還散，寒枝暫棲難定。欲説與南飛意，迢迢暮天迴。　晚風勁。遍延秋、舊家空啄，人去後，團扇玉顔休省。景色異昭陽，滿關山、殘照淒冷。忍憶吴江，對愁楓、啼徹霜影。但歸程呼侶，不惜白頭相等。

箋曰：劉永濟，字弘度，湖南新寧人，武漢大學中文系教授，已故。劉丈原唱云：「寒角荒屯，晚鐘殘刹，倦翼呼儔成陣。散入蒼煙，帶將斜日，翻翻乍明還隱。愛古柏分棲好，啼聲故相引。轉蓬恨。傍西風、被他驚覺，山徑窈，閒曳瘦藤低趁。漫省少陵詩，繞延秋、空噪饑吻。曉色唐宮，更誰憐、紈扇愁損。料南飛零夢，尚怯關河淒緊。」

鵲踏枝 四首

往者，半塘翁以馮正中《鵲踏枝》鬱伊惝怳，義兼比興，端居嗜誦，依次屬和。情韻之美，蒙竊慕焉。比弘度丈亦拈斯調新製秋詞見示，風力所詣，揖讓陽春。退不自揆，繼聲爲此，非敢上方王氏也

零露繁霜芳序換。漏盡銀屏，晝燭秋光短。夢裏歡情猶未遠，羅衾一夜思量遍。天氣新來渾不慣。半日陰晴，頃刻寒還暖。別久音稀心忍變，人間有日終相見。

芳草淒迷秋更緑。不上層樓，怕縱傷高目。早晚歸期渾未卜，無端更近彈棋局。魂夢天涯隨轉轂。亂撥秦箏，容易蠻弦促。恩怨紛紜情斷續，傷心舊譜翻新曲。

西北高樓雲隱隱。誤盡前期，後約還無準。淡日牆陰晴未穩，拚將殘醉添新困。見説花開歸路近。謝了江蓮，不寄西風信。塞雁來時休問訊，沈吟留得相思分。

搖落最憐江上樹。秋到天涯，何處無風雨。休共浮萍商去住，蓮房自守芳心苦。倚遍闌干還自語。一霎輕陰，未必真成暮。萬水千山君莫誤，嘶驄祇認歸時路。

下闋，汪先生曰：何減陽春。

箋曰：劉文原作四首前有小序云：「秋氣動物，予懷萬端，音赴情流，罔知所謂。雖然，枝鳥草蟲，何必有謂，亦自動其天耳。」其一曰：「秋入滄江葭葦白。瑟瑟蕭蕭，做弄愁聲息。萬雪千霜須拚得，春光猶隔枝南北。　欲喚清尊輸酒力。如此人間，何處尋芳迹。空外蟬箏弦漸急，無端勾引閒思憶。」其二曰：「四合文紗雲海隔。艷蠟鴛屏，回首成秋色。謾道人心非卷席，從來鳳紙輕蟬翼。　思夢情懷顛倒極。何似從今，獨抱幽芳立。掃卻門前狂轍迹，由他鴛鳳誰雙隻。」其三曰：「早是驚心歡易失。叵耐春人，歌酒圍香密。不見嘶驄楊柳陌，陰陰換盡顰蛾色。　蕙想蘭懷私自惜。佇苦停辛，塵影難端的。盼斷番番花信息，可憐祇當閒風日。」其四曰：「過眼紛紛朱變碧。始信人生，不似琴弦直。費盡晶盤鮫淚滴，思量不及山頭石。　錦瑟年華駒過隙。柱柱弦弦，猶自成追惜。渺渺觚棱星斗北，羅衣夜久支寒立。」

臨江仙

故國煙蕪秋又綠，傷心忍話銅駝。高樓無復夢笙歌。尊前難醉醒，雁外有山河。　落盡芙蓉菰葉怨，空江殘照無多。亂烽寒角幾銷磨。舊游池館廢，愁見柳婆娑。

青玉案

依依柳色横塘路，未解惜，流年度。妝罷日長無意緒。聽鶯臺榭，映花窗户，衹是尋常住。　　斜陽喬木今誰主？回首江山暗塵霧。似水鄉愁流不去。繡簾燈火，畫堂簫鼓，斷夢無尋處。

拜星月慢

柳度鶯簧，花圍蝶夢，尚覺銀屏春淺。曲檻迴廊，是江南庭院。踏青罷，永日描花愛學新樣，刺繡愁拈殘綫。刻意妝成，便熏香都懶。　　好湖山、看舞聽歌慣。金杯灩、照席珠燈爛。幾度酌綺斟羅，乍輕寒輕暖。又誰知、一夕經離亂。狂烽起、事與流煙散。賸過雁、得到横塘，早西風世换。

下闋，汪先生曰：謀章酌句，純是清真。

祝英臺近

雨花臺，邀笛步，京國十年住。一夕胡沙，飛轂載愁去。漫憐舊貼珠鈿，新裁羅綺，早都化、六街塵土。　　幾凝佇。北望輕命危闌，神州暗煙霧。斜日平蕪，極目斷歸路。便教烽外相逢，覆巢殘燕，更休問、畫樓何處。

憶舊游二首

記星燈簇夢，月扇飄香，多少樓臺。漏逐笙歌永，任鈿車寶馬，争走銅街。忽驚萬乘胡騎，連夜渡江來。歎綺燼羅灰，珠塵翠土，碧血如苔。　蒿萊，滿春殿，賸舊月荒螢，猶照秦淮。畫舫東風換，想隔江商女，弦管應哀。此愁不堪題處，落葉滿天涯。但北望淒然，神京甚日煙霧開？

上闋「忽驚」以下，汪先生曰：此類句法，稍近後來習氣。

記繁花礙路，遠草連波，人試新妝。俊侶清游慣，幾湖樓倚醉，畫舫追涼。大堤鈿車雷轉，塵颺繡衣香。甚北渚芙蓉，臺城楊柳，衹當尋常。　淒涼，忍回首，想禾黍離離，宫苑都荒。縱有當時燕，怕江山如此，減了斜陽。亂峰不度歸夢，征路似愁長。便載酒聽歌，吟杯賦筆消舊狂。

渡江雲

閒門車轍遠，偶逢過雁，還寄數行書。曉寒簾乍卷，鬢影秋風，卻共柳蕭疏。江楓漸老，想此日、紅遍東吴。空佇望、魚波千頃，無夢到蓴鱸。　縈紆。晨喧遥市，細雨煙村，隔前溪雲樹。愁更説、明珠香稻，碧玉新蔬。翻憐落葉添薪少，笑近來、心事全殊。山縱好，清游不比當初。

風入松

高樓酒醒怕聞歌，傾淚易成河。鈿蟬金鳳飄零盡，算年來、慣識干戈。雁外不逢芳訊，鷗邊還起驚波。江山缺處聚愁多，風雨奈秋何？吟蛩留得商聲住，更蕭蕭、霜葉辭柯。有限殘箋斷闋，那堪夜夜銷磨。

西河

天盡處，殘鴉數點歸去。遥峰隱約隔漁村，淡煙一縷。莫將摇落問西風，秋聲偏在疏樹。曲廊外，黄葉路。獨吟著甚情緒？新寒乍到小闌干，晚陰做雨。四山暝色擁孤樓，蒼茫愁滿今古。遠書漫道過雁誤。想蕭條、人事非故。聽徹嚴城笳鼓，向黄昏、片霎凭高凝佇，縹緲神京重雲暮。

汪先生曰：此以下格又變，易綿麗爲清剛。蓋心情境界醖釀如是乎？

倦尋芳

滯陰做冷，霏霧籠秋，樓迥人寂。舊燧新烽，望極海南江北。戰血千林楓葉赭，鄉情一縷蓴絲碧。甚年年，歎移盤涕淚，轉蓬踪迹。已早分、闌干天遠，幾日征鴻，還斷消息。换盡流光，空悔故歡輕擲。米貴方憐詞賦賤，愁寬無奈山川窄。莫凭高，卷寒潮、晚來風急。

汪先生曰：「戰血」句可酌。

浣溪沙

城上風高畫角殘，小樓燈暗漏漫漫。熏爐猶裊一絲煙。 歡意經秋如葉少，夢痕連夜比霜寒。山空月冷掩重關。

八聲甘州

正寒潮乍落，晚江空、危闌又孤凭。問斜陽哀角，西風殘葉，多少秋聲？錯怨春來柳絮，宛轉化流萍。一片蘆花雪，依舊飄零。 有限荒煙衰草，惱亂蛩絮語，倦客愁聽。賸扁舟心事，重與白鷗盟。怕歸時、煙波非故，早斷烽、青磷換漁燈。消凝處，灑傷高淚，還在新亭。

汪先生曰：起處如高屋建瓴，後遂順流而下。

虞美人

朱門盡日橫金鎖，自愛熏香坐。畫眉渾懶學春山，未恨人前時樣淺深難。 頗黎枕上晶屏曲，臨夜燒紅燭。煎心不惜淚如潮，留得孤光一穗照長宵。

浣溪沙

又見西風落葉飛，瓊樓終信有遥期。不辭掩淚更尋思。 山色休迷臨夜霧，斜陽苦戀最高枝。陰晴未定費禁持。

鷓鴣天

曉霧穿窗散作煙，淙淙清露滴琅玕。秋深紅葉如花媚，地暖濃霜當雪寒。　移短榻，負晴暄。向陽庭户對遥山。浣衣歸後新炊熟，一卷殘書自在看。

菩薩蠻

深深翠幕遮銀炬，侍兒臨睡添沈炷。雙枕夢難同，芙蓉相向紅。　昨宵鴛被減，乍覺春寒淺。簾外月初斜，東風吹李花。

浣溪沙十首

司馬長卿有言：「賦家之心，苞括宇宙。」然觀所施設，放之則積微塵爲大千，卷之則納須彌於芥子。蓋大言小言，亦各有攸當焉。余病居拂鬱，託意雕蟲。每愛昔人游仙之詩，旨隱辭微，若顯若晦。因效其體製，次近時聞見爲令詞十章。見智見仁，固將以俟高賞。壬午三月。

蘭絮三生證果因，冥冥東海乍揚塵。龍鸞交扇擁天人。月裏山河連夜缺，雲中環珮幾回聞。蓼香一掬佇千春。

箋曰：此十首皆詠時事，序意已明。而比興之辭，仍或有未易盡解者，今分別疏釋之。此第一首，謂中華民族反對日本帝國主義侵略之正義戰爭終於爆發，希望長期抗戰，終能轉敗爲勝也。「蘭絮」句謂中日關係自一八九四年中日戰爭以後，日益惡化，此次抗戰自有其歷史因果。「東海」句謂日寇入侵。「龍鸞」句謂全國一致擁護宣稱堅決抗戰到底之蔣介石也。「月裏」句謂日寇不斷深入，「雲中」句謂反攻渺無消息。「蓼香」句即前《臨江仙》第四首之「消盡蓼香留月小，苦辛相待千春」之意。

漫道人間落葉悲，蓬萊風露立多時。長安塵霧望中迷。填海精禽空昨夢，通辭鴆鳥豈良媒。瑤池侍宴夜歸遲。

汪先生曰：音節悲涼。

箋曰：此第二首，詠汪精衛叛變，即前《臨江仙》第七首「銜石精禽空有恨，驚波還滿江湖」二句之擴充也。一九三八年末，汪精衛逃離重慶。次年一月，發表和平勸告書於河內。八月，召集僞國民黨第六次全國代表大會於上海。十月，乃與北京僞政權之王克敏、南京僞政權之梁鴻志會於南京，商量諸僞組織合流事。汪抵南京後，曾賦《憶舊游》詠落葉詞一闋，其辭曰：「歎護林心事，付與東流，一往淒清。無限流連意，奈驚飆不管，催化青萍。已分去潮俱渺，回汐又重經。有出水根寒，拏空枝老，同訴飄零。天心正摇落，算菊芳蘭秀，不是春榮。摵摵蕭蕭裏，要滄桑換了，秋始無聲。伴得落紅歸去，流水有餘馨。儘歲暮天寒，冰霜追逐千萬程。」詞以落葉自喻，流露出其在倒行逆施之中對前途之失望與絶望，雖充滿哀傷情緒，然使人無法同情，故曰「漫道人間落葉悲」也。一九三九年五月，汪精衛第一次訪問日本，其後又屢次東游以進行叛賣活動，曾受日本昭和天皇接見並賜宴。「蓬萊風露」及「瑶池侍宴」二句指此。「蓬萊」喻日本，「瑶池」則喻天皇宫殿也。當南北漢奸聚集南京時，既互相勾結，又互相傾軋。傳説，梁、汪爭權甚烈，梁竟云：「我們都是漢奸，但我是前漢，你是後漢，我何故要讓你？」南京城中，一片烏煙瘴氣，故曰「長安塵霧望中迷」。汪精衛早歲追隨中山先生，投身民主革命，一九一〇年（宣統二年）正月，謀刺攝政王載灃，事洩被捕，獄中賦詩云：「慷慨歌燕市，從容作楚囚。引刀成一快，不負少年頭。」傳誦一時。但晚節不終，萬年遺臭，若其撫今追昔，豈堪回首？故曰「銜石精禽空昨夢」。鴆，古傳説中羽毛有劇毒之鳥。《離騷》云：「吾令鴆爲媒兮，鴆告余以不好。」「通辭鴆鳥豈良媒」句，直用其意。鴆媒蓋指爲汪精衛與日本帝國主義勾結搭橋牽綫者流若陶希聖、高宗武輩也。

弱水三千繞碧城，金蟾齧鎖夜長扃。風雷破夢入疏櫺。中酒乍醒憐曲促，彈棋未了費縱横。是誰殘局卻推枰？

箋曰：此第三首，寫日本發動侵華戰爭後陷入困境也。上闋謂日本歷來政體專制，社會封閉，爲法西斯軍國主義分子所統治。人民無緣得見光明，如生活在一座四面環水、門庭深鎖、矗立夜空之城堡中。而戰爭忽起，如風雷突入疏窗，乃從夢中驚醒矣。下闋首句謂日本軍閥入侵初期嘗取得巨大而暫時之勝利，欣喜若狂，猶如醉酒，但數年後，覺來日方長，舉步維艱，局勢並非如其所預期，遂有進退失據之感。次句謂日本既感孤立，乃爭取外援，於一九三八年十一月，與德意兩國成立三國防共協定，十二月，又承認西班牙佛郎哥法西斯政權。然整個世界局勢仍有利於民主力量。日本在此盤棋局中，雖縱横捭闔，而收效甚微。末句則指近衛文麿引咎辭職。中日戰爭發生於近衛擔任日本首相期中。一九三八年一月，近衛發表對華聲明，十二月，成立興亞院，宣布建立東亞新秩序，從而使日本陷入不義戰爭更深之泥潭中。一九三九年一月，近衛内閣終於在内外交困中倒臺，故以棋局既殘惟有推枰而起喻其狼狽。

曇誓終憐一笑輕，雲輧不向闕門停。空勞瑠札寄瑶京。　媧氏石成天又裂，麻姑鬢改海難清。彤弓彤矢總無情。

箋曰：此第四首，寫一九四一年春在重慶召開國民參政會時國共兩黨之矛盾也。三月一日，大會開幕，二日，董必武、鄧穎超致函該會秘書處，遞交中共中央向國民黨提出有利團結抗戰之臨時辦法十二條，並聲明國民政府如能接受，中共參政員即當出席會議，但爲國民黨所拒絕。作者當時無從瞭解事實真象，故對中共代表之拒絕出席不免有所誤會。詞上闋謂中共初雖承諾出席，而又遽變初衷，一笑置之，似曇花一現。中共代表既已到重慶猶不出席，則國民黨寄至延安之邀請書豈非徒勞乎？「闕門」，指重慶，以其爲戰時陪都也。「瑶京」，指延安，以其爲中共中央所在也。下闋以青天難補，碧海難清，喻雙方歧見之深，不易合作，且皆擁有軍隊，更易訴諸武力，實爲可慮。末句，後作者認識上有進步，擬改「彤弓彤矢」爲「盧弓彤矢」，但終未能變更全詞之傾向性，故詞集初版時删去此首未刊，今補録，以見知識分子思想變化之歷程。吴白匋當時亦賦《河瀆神》云：「法會水邊開，危冠竦劍徘徊。數行封事上瑶階，龍騎啾啾未來。　朱鳥當窗啼不歇，江花兩岸愁絶。舉首更憂天裂，浮雲西北如血。」與此首用意頗同。

不記青禽寄語時，銀河欲渡故遲遲。紅牆咫尺費相思。　玉牒瑶函虚舊約，雲階月地有新期。人天離合了難知。

箋曰：此第五首，慨當時蘇聯態度變幻莫測，令人迷惘也。時歐洲各國均玩弄兩面手法，而蘇聯尤甚。一九三九年八月，與德國簽訂互不侵犯條約，次年四月，又與日本簽訂内容相同之條約。與日簽約，乃在英法對德宣戰之後。此種舉動，顯然無助於全世界進步人民反對德意日法西斯之正義事業，亦違背蘇聯一貫倡導和平之宗旨。上闋首句「青禽寄語」，比蘇聯與西方過去爲維護和平所作之努力，如一九三九年春夏間捷克事件演變至最高潮時，英蘇曾談判建立和平陣綫之類。李商隱《代應》詩云：「本來銀漢是紅牆。」第二、三句即用其語，以見反法西斯聯合戰綫成立之難，而寄望於蘇聯。下闋首兩句，「虚舊約」，「有新期」，謂國際間之暮楚朝秦，翻雲覆雨，而特指蘇聯與德日之簽約也。末句直抒迷惑不解之意。

萬里晴霄一鶴飛，長風吹落碧雲西。此時相見更相疑。　未必鬘天憐浩劫，卻來瀛海寄相思。霞情爭許世人知①。

箋曰：此第六首，詠赫斯飛英之事。一九四一年五月十二日，德國國社黨副領袖阿道夫·赫斯突然乘飛機去英國，在蘇格蘭降落，引起全世界之關注與疑慮。赫斯乘機，故以仙人騎鶴爲比。蘇格蘭在德國之西，故次句云云。「鬘天」，佛教中頭飾纓絡之神，此指赫斯。「瀛海」，指英國所在之北海也。「此時」、「霞情」二句，言不特世人對此事莫悉其由，恐英國當局亦對此不速之客深感意外也。據一九八四年五月二十一日《參考消息》第三版載法新社波恩四月二十六日電及同報一九九〇年五月二十八日第四版載路透社倫敦五月十一日電，始悉當日希特勒遣赫斯去英，曾攜去一份軸心國與英國瓜分世界之建議，而英首相邱吉爾拒之，因囚赫斯，然亦秘其事。故數十年後世人乃稍稍知其詳也。

三度紅桑弱水西，美人雲外弄妝遲。六龍臨駕更矜持。　彷彿天梯芳屧響，依前洞户畫簾垂。黃昏袖手看殘棋。

箋曰：此第七首，蓋歎美國在珍珠港事變前之猶豫也。一九四一年十二月，日本海空軍偷襲美國太平洋軍事基地夏威夷珍珠港，並對英美宣戰，美國亦被迫對日宣戰。十二月二十一日，德意對美宣戰。二十三日，中國對日德意宣戰。至是國際兩大陣營始壁壘分明。但在珍珠港被襲之前，美國雖已備戰，並在道義經濟等方面支持英法，但不肯在軍事上介入。詞上闋首句謂西歐戰争已幾經滄桑之變，二、三句以即將駕龍車出游而遲遲不發之仙女喻猶豫不決之美國。下闋首二句則俗語「衹聽樓梯響，不見人下來」之雅化。末句謂一九四一年整個戰局，軸心國處於優勢，德將沙漠之狐隆美爾方大敗英軍於北非，而美國仍無動於衷，按兵不動，故曰「袖手看殘棋」也。

一夕驚雷海變田，羣龍何處駕瑶軿？素雲黄鶴擁飛仙。周穆蟲沙空歷劫，淮南鷄犬亦升天。忍傳消息到人間。

汪先生曰：曩亦作小詩云：「寄謝飛鴻翼，徒勞汝往返。人命若蜉蝣，仙家有鷄犬。」

箋曰：此第八首，寫香港淪陷時，孔令偉攜犬乘飛機逃離，以見國民黨之腐朽也。孔祥熙爲蔣介石連襟，國民黨財閥，把持中央銀行數十年，聚斂無厭。子女驕縱無法，多行不義，次女令偉尤甚，世所知爲孔二小姐者也。一九四一年十二月十九日，日軍攻占香港，令偉適在其地，於日人登岸前數小時乘專機離開。不僅攜家人僕婢同行，其愛犬亦與焉。於是全國輿論大嘩。《胡適來往書信選》中册載傅斯年致胡書略稱：香港戰起，重慶方面曾派專機赴港搶救要人，卻衹接出一大家族，箱籠累累，還有好些條狗，消息傳至昆明，各大學學生大游行，口號爲打倒孔某。又夏瞿禪《天風閣學詞日記》一九四二年二月二十三日記云：「學生來談，謂香港淪陷時」，「某鉅公家女傭、哈吧狗亦得乘飛機出險。西南學生界頃反對某鉅公甚烈」。皆其事也。

「羣龍」句謂諸顯貴當時皆無法獲得交通工具。「素雲」句謂令偉獨占專機也。

聞道仙郎夜渡河，星娥隔歲一相過。機邊親贈水精梭。縱使青天甘寂寞，應憐銀漢近風波。雲盟月誓莫蹉跎。

汪先生曰：比興中乃有議論。

箋曰：此第九首，望印度參加同盟軍，同抗日帝也。一九四一年十二月，中英軍事同盟成立，中國軍隊開入緬甸，協助英軍作戰。而與緬甸爲鄰之印度猶徘徊於兩大之間，故蔣介石於一九四二年二月飛加爾各答會晤印度人民領袖甘地，勸其抗日。「仙郎」喻蔣，「星娥」喻甘地，此用牛郎織女故事。「隔歲相過」，謂磋商經年始克相晤。「贈梭」，喻獻策。下闋謂印度雖欲置身事外，而戰爭範圍日益擴大，終恐波及，不如早日參加盟軍之爲愈也。然此行似無多成效。

斗北星南列衆仙，九天閶闔彩雲間。紫宸新賜玉連環。赤豹文貍隨霧起，猋輪飛轂共雷殷。幾時撫劍上蓬山？

箋曰：此第十首，寫全世界反法西斯戰爭之力量已大聯合，勝利在即，總結上文。一九四二年一月，二十六國在華盛頓發表共同宣言，重申《大西洋憲章》決不與德意日單獨媾和之承諾。「衆仙」喻二十六國之領袖，「玉連環」喻共同宣言，「赤豹」二句喻盟軍之聲勢，「撫劍上蓬山」，喻武裝占領東京也。其後皆驗。

瑞鶴仙

得素秋書賦答

花前尊懶近，早疏狂都減，清愁無分。風簾燕飛困，甚天涯別後，翻疏芳信？歸期不準，任年年、鵑啼舊恨。縱凭高、望極江南，忍見翠灰紅燼。休問。髮波眉月，屧響衣熏，那時嬌俊。移家未穩，關山遠，江烽緊。幾梳霜沐露，胡塵撲面，輕換香膏膩粉。賸當年、羅帶重量，未成瘦損。

浣溪沙 二首

滿目青蕪歲不芳，啼鵑聽慣也尋常。而今難得是迴腸。燕子簾櫳春晼晚，梨花院落月微茫。人間何處著思量？

忍道江南易斷腸，月天花海當愁鄉。別來無淚濕流光。紅燭樓心春壓酒，碧梧庭角雨飄涼。不成相憶但相忘。

蘇幕遮

柳綿飛，庭院悄。酒淡花稀，人意和春老。釀得深愁成淺笑。綺席相逢，祇道新晴好。亂山多，流水杳。緑樹啼鵑，莫問歸遲早。薄晚重簾休放了。犬吠林陰，萬一書郵到。

玉樓春二首

鶯滿亭臺花滿野，當日江南渾似畫。閒尋紅杏雨中樓，曾繫緑楊陰下馬。而今夢與梨花謝，燕去空簾慵不挂。千山杜宇喚鄉愁，一穗殘燈摇暗夜。

簾外桃花開又謝，裊盡爐煙簾未挂。校書心緒儘從容，入夢春愁無顧藉。漫從女伴尋閒話，終日看山如看畫。荒村沽酒緑楊邊，淺水浣紗斜照下。

汪先生曰：小山、六一之間。

踏莎行

開罷薔薇，飛殘柳絮，斜陽祇照春歸路。夢迷故國滿天烽，愁縈蜀道千山霧。胡蝶還來，啼鵑最苦，東風碧到無情樹。江波日日送流花，如何不送人歸去？

謁金門

聞鵑

燈焰黑，簾外子規聲急。歲歲烽煙留遠客，無家歸不得。啼斷殘春幾日，淚共落紅千尺。如此月痕如此夕，江山應有血！

浣溪沙

飛到楊花第五春，依然蜀道未歸人。不聽啼鴂也銷魂。　已遣閒愁還入夢，漸忘鄉語記難真。空階緑遍舊苔痕。

汪先生曰：淡語彌苦。

清平樂 六首

梳妝草草，初日簾櫳曉。難得今朝天氣好，浣取衣裳趁早。　斜陽樹影頻移，橫竿須揀高枝。屬付簷前燕子，等閒莫墮香泥。

山迴路轉，隔水煙村遠。行過小橋人未見，林外晨喧一片。　兩三上市新蔬，擔前問價踟躕。幾日囊中錢少，歸來何止無魚。

描花繡鳳，不比年時空。針綫欲拈還未動，綻盡羅衣金縫。　如今忍鬥新妝，休憐響屧迴廊。自製平頭鞋子，何妨緑野尋芳。

樵蹊漁舍，行到前村也。認取青簾樓外挂，休問新來酒價。　昨朝乍典春衣，今朝日暖風微。拚得醉扶歸去，深山卧聽鶯啼。

鸞刀乍試，膾玉絲難細。一味從容憐小婢，卻問高朋來未？　座中草草杯盤，丁寧酒盞須寬。歸晚不須紅燭，山前月子彎彎。

茶遲火緩，一卷偷閒看。侍女嬉游行漸遠，知道今朝飯晚。詞箋待寫離情，宮商細酌新聲。簾裏苦吟纔罷，空憐厨下焦鐺。

汪先生曰：數詞皆有味。此正本色語，非淺俗也。

東坡引

樓前江水繞，風外柳綿少。幾回相見還重道：不如歸去好，不如歸去好。烽煙別久，關山夢杳。愁又看、春光老。闌干倚盡昏和曉。家書何日到？家書何日到？

「不如」二句，汪先生曰：如此疊句，乃有意味。

渡江雲

寄紅妹海上，時聞擬入蜀

胡塵迷故國，失行旅雁，難覓舊田廬。轉蓬踪不定，極目層雲，海上一樓孤。新聲玉樹，更此日、歌舞都殊。争忍聽、雪鹽香稻，餘恨到春厨。　音書。三年萬劫，一紙千金，望飛鴻何處？憐別後、朱顏暗換，吴語生疏。相思卻怕相逢近，況客情、不比當初。愁問訊，高堂白髮添無？

箋曰：祖棻胞妹曰祖棨，後改祖芳，紅其小字也。時方侍外舅覺生先生居上海。畢業於暨南大學外文系，未嫁而歿。

浣溪沙

賸燼零灰换綺羅，關山笳鼓咽笙歌。歸期禁得幾蹉跎。接夢微雲連夜遠，颸愁絲雨一春多。醉時難遣奈醒何②？

卜算子

愁説昨宵陰，還怕明朝雨。薄晚西窗一霎晴，争忍芳游去。誰識杜鵑心，倦聽流鶯語。斜日亭臺有限春，漫付彌天絮。

汪先生曰：婉約。

浣溪沙

一片清塵掩鏡鸞，春山漫當舊眉看。斜陽客館送流年。委篋單綃衣帶窄，熏香小扇墨痕殘。無端新暖换輕寒。

蝶戀花 二首

樓外重雲遮碧樹。山上鵑啼，山下流人住。別淚濛濛知幾許，夜來寒雨朝來霧。　漫問荒煙家在否？猶望生還，重到江南路。飛盡楊花春又暮，沈吟忍信歸期誤。

乳燕交飛鶯亂語。如此江山，衹有鵑聲苦。楊柳無情千萬縷，年年卻繫行人住。　水上流花枝上絮。已是天涯，何必愁風雨。極目綠波芳草渡，轉憐春有歸時路。

浣溪沙

碧檻瓊廊月影中，一杯香雪凍檸檬。新歌争播電流空。　風扇涼翻鬢浪綠，霓燈光閃酒波紅。當時真悔太匆匆。

汪先生曰：如此用新名詞，何礙？

蘇幕遮

過春寒，憐驟暑。山上層樓，高處多風雨。一霎潮聲生遠樹。碧瓦紛紛，似葉敲窗户。　下羅帷，移蠟炬。夜黑更長，倚枕朦朧處。電幻狂烽雷幻鼓。夢裏驚疑，不敢江南去。

上闋「一霎」三句，汪先生曰：山居雨來，真是此景。亦非山居人不能領也。

下闋「電幻」三句，汪先生曰：奇想。然實是人人口頭語，故爲絶妙。

浣溪沙三首

客有以渝州近事見告者，感成小詞

歲歲新烽續舊煙，人間幾見海成田。新亭風景異當年。如此山河輸半壁，依然歌舞當長安。危闌北望淚如川。

莫向西川問杜鵑，繁華争説小長安。漲波脂水自年年。箏笛高樓春酒暖，兵戈遠塞鐵衣寒。尊前空唱念家山。

箋曰：臺静農先生嘗書此詞，并跋云：「此沈祖棻抗戰時所作，李易安身值南渡，卻未見有此感懷也。」一九九二年九月二十四日《文學報》文學副刊載其影印本。

辛苦征人百戰還，渝州非復舊臨安。繁華疑是夢中看。徹夜笙歌新貴宅，連江燈火估人船。可憐萬竈漸無煙。

減字木蘭花

新寒乍暖，細葛輕綿朝夕换。暗雨昏煙，不是江南四月天。　年年蜀道，休説不如歸去好。賸水殘山，付與流人著意看。

浣溪沙三首

山居苦熱，有憶江南舊事

竹檻蕉窗雨乍收，紗厨輕簟小茶甌③。枕邊茉莉暗香浮。繪彩瓷盤供佛手，鏤銀冰碗剥鷄頭。晚涼庭院憶蘇州。

夾道垂楊百尺長，青驄朱轂大堤旁。萬荷迎槳月生涼。電扇風迴蘭麝膩，冰盤雪凝橘橙香。白門清事最難忘。

流綫輕車逐晚風，摩天樓閣十三重。播音新曲徹雲中。銀管貯涼欺舞扇，繁燈圍夢入瓊鍾。申江回首昔游空。

汪先生曰：善以新名入詞，自然熨貼。

過秦樓

病中寄千帆成都

病枕偎愁，燭帷扶影，幾日藥爐誰管？穿風敗壁，破夢昏燈，一夜擁衾千轉。更永月暗高樓，山鬼窺窗，野蚊縈扇。但朦朧向曉，歸期重數，去程猶遠。休更憶、賭酒遲眠，傷春慵起，便覺畫眉渾懶。漿傾酪碗，香滿橙杯，俊侶紫騮來慣。還念空簾此時，衣桁塵侵，茶鐺煙斷。況新方未檢，門掩青苔静院。

「便覺」句，汪先生曰：虚字承接處，倍覺淒婉。

箋曰：余於一九四一年秋改任樂山武漢大學教席，次年暑假，赴成都招生。故祖棻有此寄也。

浣溪沙

小簟輕帷盡日眠，晚涼扶起鏡臺前。家常閒話寫紅箋。病枕有誰量藥裹，明窗無力管茶煙。相思都不似當年。

汪先生曰：隨筆寫來，此境殊不易到。

聲聲慢

卧病空山，夜值風雨，賦此寄遠

頹簷傾雨，斷瓦翻風，中宵孤枕驚雷。濕簟頻移，高樓自起徘徊。夢魂更無著處，趁冷螢、飛墮林隈。翠簾卷，又燈花涼逼，暗墜香煤。　數盡空山殘漏，待羅帷重下，留影相偎。病榻茶煙，寒爐懶撥餘灰。新詞欲吟愁句，欠雙鬟、解勸深杯。摇落恨，正關河、人尚未回。

拜星月慢

夏夜病中念白門舊游，和清真

片月流波，千荷迎棹，繞堞花明葉暗。隔水笙歌，出秋千深院。繫船處，但覺樓頭玉甕香滿，檻曲珠燈星爛。小扇輕綃，衹尋常相見。　料芙蓉、褪色如人面。江南遠、病卧荒江畔。夜半旅夢驚回，早歡痕煙散。賸吟蛩、絮夕空山館。嚴城閉、畫角成長歎。怎又任、別恨縈迴，折柔腸欲斷！

踏莎行

寄石齋、印唐成都，二君皆金陵舊侶也

白袷衫輕，青螺眉嫵，相逢年少承平侶。驚人詩句語誰工，當筵酒盞狂爭賭。　花影樓臺，燈痕簾户，湖山舊是經游處。過江愁客幾時歸？神京回首迷煙霧。

徵招

人生不合吴城住，消魂粉塵脂水。柳影畫中樓，任春眠慵起。斷腸歌舞地。付詞客醉紅吟翠。一棹横塘，落花雙槳，漲波都膩。　還記。舊家時，疏簾静，輕漾素蘭風細。瓷碗碧螺春，更香浮茉莉。別來飄泊久，總難忘故鄉風味。去程遠，鼓角年年，歎誤人歸計。

起句，汪先生曰：翻夢窗句，倍覺感慨。

「還記」以下，汪先生曰：非吴人不能領略也。

箋曰：吴夢窗《點絳唇·有懷蘇州》有云：「可惜人生，不向吴城住。」

國香

題叔華夫人雙佳樓水仙卷子

粉潤脂温。甚生綃乍展，呼起湘魂。依稀畫蘭心事，鉛淚留痕。日暮凌波何處？步千驛、羅襪生塵。回頭楚天遠，解珮江空，鼓瑟雲昏。　國香流落久，歎東風换世，殘夢無春。晚潮淒咽，應悔翠帶輕分。更怕瑶簪凍折，誤幾多、洛浦歸人？青青數峰在，贉水流愁，尚護靈根。

箋曰：凌叔華，廣東番禺人，陳源通伯妻，小説名家，兼工繪事。抗戰後期移居海外。余與通伯共事武漢大學，凌夫人囑余夫婦爲題所畫此卷，未及書而余等改教成都金陵大學，乃倩友人葉麐石蓀教授代書之。余所題爲七絶二首，今見《閒堂詩存》。而忘其一句，甚盼有緣重見此卷，據以補足之也。

鷓鴣天 四首

盡日疏簾不上鈎，鳳奩鸞鏡一時收。最新眉樣終成故，似夢歡痕竟化愁。腸易斷，誓空留。當年枉自笑牽牛。高樓未怨西風急，冰簟銀牀不耐秋。

添得吟蛩夜更長，玉爐香印替迴腸。半牀濃睡沈沈夢，一枕秋聲細細涼。花壓檻，月侵廊。年時真悔不疏狂。自禁清露梧桐滴，還怕珠簾一夕霜。

永夕風簾蠟作堆，鴛鴦簟冷夢初回。連環珍重休成玦，心篆分明久化灰。消宿酒，墜殘煤。高樓明月自徘徊。青天碧海茫茫夜，不分人間更可哀。

八尺龍鬚換錦裀，空山落葉掩重門。當風團扇知秋意，繞榻茶煙淡夢痕。新露點，舊星辰。一般良夜有寒溫。縱横未了彈棋局，何必箏弦絮怨恩。

①「許」，底本作「與」，據《斯文》第二卷第十九/二十期（一九四二年）、《涉江詞稿》油印本、《涉江詞》、《沈祖棻創作選集》改。

②「醒」，底本作「愁」，據《斯文》第三卷第七期（一九四三年）、《詞學》第九輯（一九九二年）改。

③「厨」，底本作「窗」，據《雍園詞鈔》、《詞學》第九輯改。

涉江詞丙稿

海鹽沈祖棻子苾撰　閒堂老人程千帆箋

霜花腴

壬午九日

角聲乍歇，壓亂烽、高樓共理吟觴①。愁到囊萸，淚飄叢菊，登臨萬感殊鄉。舊游斷腸，更有誰、杯酒能狂？正消凝、滿目山河，忍教風雨做重陽。　淒斷十年心事，縱塵箋强拂，夢與秋涼。吳苑煙空，秦淮波老，江流不送歸航。雁鴻渺茫，歎客程、空换流光。颺茶煙、鬢影蕭疏，自羞簪晚香。

汪先生曰：此夢窗自製腔，四聲宜依之。如「渺茫」之「渺」，「晚香」之「晚」，能易去聲，必更起調。

箋曰：壬午九日詞，作者八人，限《霜花腴》調。龐石帚先生首唱，用陽韻，和者多依之。其詞云：「淚邊薦菊，有古人、當年不盡蒼涼。輕命危闌，忘懷村酒，憑澆芒角枯腸。草堂徑荒，鎮點兵、占斷秋場。漫魂銷、舊賞林亭，喜無風雨洽游忙。　　砧杵萬家愁處，又空灘戰艦，暗老啼螿。欹帽傷高，卷簾吟瘦，相逢南雁成行。怨謠自長，照翠尊、終戀殘陽。渺青山、鶻沒天低，幾人悲故鄉。」白敦仁云：「暮雲斂碧，對晚英、淒涼怕整危冠。塵恥虛罍，客驚秋病，今朝醉也應難。怨懷怎寬。正戰場、花發霜前。更堪悲、倦蝶歸來，褪香空繞短籬寒。　　誰弔古臺殘照，賸南園一角，喚盡哀蟬。紅葉霜多，黃昏愁重，輸他淚漬塵箋。餞秋畫船，夢艫聲、猶照嬋娟。問西風、暗老珍叢，幾人持淚看。」陳孝章云：「露黃乍秀，展細眉、秋蛾肯作春容？風妒人歡，雨將愁至，登臨著意偏慵。勝游易終，悵百年、佳會難逢。便歸來、一盞淒凝，醉顏羞自擬霜紅。　　楓葉荻花誰主？聽秋聲一抹，落盡枯桐。天外烽高，吟邊愁障，悠悠回顧何窮。十年夢中，記舊游、清淚朦朧。算天涯、處處重陽，此心應許同。」劉君惠云：「暗風細滴，正倚樓、淒淒翠靄餘涼。簾外湘雲，尊前吴語，鄉愁壓滿吟觴。客懷易蒼，指遙天、驚雁行行。望中原、髮影依稀，劍南秋色斷人腸。　　誰憶尹娘高調，總顰眉緩頰，負了清吭。劫後湖山，夢中啼笑，人間處處滄桑。楚蘭易傷，想洞庭、木葉迷茫。更何年、無恙秦淮，相將一葦杭。」蕭印唐云：「步高落帽，趁雁風、披襟勝似彈冠。書卷宜人，林泉留命，生涯欲遣何難？夢遙枕寬，念昨宵、清瀉簷前。正羈人、酒薄衣單，劍南如許晚秋寒。　　探菊望江樓畔，度迴廊坐聽，病樹殘蟬。門巷無存，美人安在？空傳故井名箋。逝波過船，記往游、攜手嬋娟。祇今朝、有酒無花，江山争忍看。」高石齋云：「共憐九日，送醉餘、登臨且勝閒眠。蘋末風來，曲池波亂，愁聽碎玉潺湲。雨莎露蘭，繫舊情、故國霜前。想臺城、浄壓明湖，柳衰荷盡白鷗閒。　余自旅懷多感，況黄花對酒，酒照花鈿。零雨關秋，清砧催晚，輕陰慣作輕寒。有人倚闌，鬢影疏、淒夢如煙。但紅迷、淚眼千烽，暮笳山外山。」拙作云：「夜來細雨，聽亂蛩、還愁銷盡秋光。佳約無憑，故園何處？羈懷可奈重陽。舊情暗傷，正斷烽、摇落江湘。更休提、年少承平，錦韉驕馬冶游郎。　長惜鏡中青鬢，怕星星數點，换了吴霜。仙侣争攜，蠻箋乍疊，猶餘結習難忘。漫悲異鄉，引深卮、自伴寒香。待明年、笑卷詩書，秣陵尋雀航。」金陵大學於戰時内遷成都，一九四二年秋，余夫婦亦應聘自樂山移居其地。先在光華街與劉君惠兄爲鄰，後又賃廡小福建營李哲生先生宅。旅寓三年，極平生唱和之樂。壬午九日之作，其一事也。

高陽臺

歲暮枕江樓酒集，座間石齋狂談，君惠痛哭，日中聚飲，至昏始散。余近值流離，早傷哀樂，飽經憂患，轉類冥頑，既感二君悲喜不能自已之情，因成此闋

釀淚成歡，埋愁入夢，尊前歌哭都難。恩怨尋常，賦情空費吟箋。斷蓬長逐驚烽轉，算而今、易遣

華年。但傷心，無限斜陽，有限江山。　殊鄉漸忘飄零苦，奈秋燈夜雨，春月啼鵑。縱數歸期，舊游是處堪憐。酒杯争得狂重理，伴茶煙、付與閒眠。怕黄昏，風急高樓，更聽哀弦。

汪先生曰：起句驚心動魄。

箋曰：劉道龢，字君惠，四川樂至人，四川大學中文系畢業，時亦執教金陵大學。今爲四川師範大學教授。枕江樓，成都酒肆，在錦江之畔也。

臨江仙

小閣疏簾風惻惻，客窗幾日寒深。斜陽容易變輕陰。江山成悵望，杯酒怯登臨。　無益相思無用淚，當時苦費沈吟。閒愁何處可追尋？秋燈千點雨，春夢十年心。

探芳信

玉爐畔。正舊句慵題，清游渾懶。歎酒消愁醒，長夜有誰管？錦衾角枕餘熏冷，翻憶蓬山遠。照銀釭、未抵年時，夢中相見。　人事寂寥慣，怕皓月闌干，幽花庭院。一幅鮫綃，漸難得淚痕滿。人天縱有相思字，争奈心情换。數歸期，屈指年華又晚。

汪先生曰：清於梅溪，厚於玉田。

青玉案

繁霜一夕年華暮，更不管，天涯住。海淺山移盟易誤。絳綃清淚，彩箋新句，爭得相思苦。　單衾小枕寒如許，酒醒香銷共誰語？夜夜夢魂愁去路。隔燈簾幕，蔭花窗户，少個關情處。

西平樂慢

轉轂兵塵，伴愁藥裏，還歎久客殊鄉。薄幕風燈，自憐寒夕，書籤不遣流光。甚酒迹衣痕細檢，沈醉狂吟頓減，爭如昔日，江南斷盡迴腸。空念朱顏暗改，明鏡裏、漫記舊時妝。　戍笳催晚，新烽換歲，惆悵尊前，難覓疏狂。休更憶、吹笙月下，繫棹花陰，水閣醅春酒釅，惹夢香濃，歌舞湖山夜未央。無奈凭闌，平蕪故國，殘照新亭，寂寂江潭，怕説離情，誰教種遍垂楊？

「休更憶」以下，汪先生曰：一氣呵成。

高陽臺

淺草融霜，晴絲惹燕，東風乍到闌干。暖沁梅枝，難消夢裏餘寒。零編未管春來去，任蠹魚、蝕盡華年。下重簾，縱隔飛花，不隔啼鵑。　流離藥盞供多病，漸迴燈賭酒，怕近尊前。柳色依依，無端緑到吟邊。清游俊侣狂非舊，況登臨、賸水殘山。但消凝，永日懨懨，一榻茶煙。

聲聲慢

瞞愁鸞鏡，咽淚清尊，迴腸衹當尋常。過眼芳菲，飛花未惜流光。分明舊情遺卻，甚無端、入夢淒涼。尋斷譜，怕春風詞筆，都換冰霜。　空記江南初見，正繁燈水榭，低映垂楊。漫説深盟，人間容易相忘。傷心酒醒何世？歎蟲沙、難數滄桑。春又晚，聽啼鵑、還在異鄉。

鷓鴣天四首

鸞鏡經年罷晚妝，尊前倚醉不成狂。已拚蠟炬銷殘淚，猶對爐灰念舊香。　花信早，客愁長。流波衹解送流光。啼鶯欲喚東風醒，無限春寒鎖夕陽。

獨上層樓日又西，一川煙草碧萋萋。欲書心事無花葉，暗繫春愁有柳絲。　芳序換，故歡稀。等閒開過小桃枝。凭闌多少迴腸處，語燕流鶯未得知。

汪先生曰：語多深婉。

漸懶芳游逐錦韉，如塵零夢付茶煙。東風莫怨今朝冷，缺月曾經昨夜圓。　新中酒，舊題箋。忍憑弦柱數華年。飛花未惜隨春盡，無奈空枝有杜鵑。

壓枕濃愁衹夢知，倦懷慵寫酒邊詞。無多新綠憐螺黛，有限殘紅付燕泥。　拈綫懶，校書遲。年年寂寞度芳時。東風未解傷春意，吹盡楊花作雪飛。

薄倖

小庭春晚，更陌上、尋芳漸懶。任一桁、疏簾長下，負卻呢喃新燕。歎銀箋、慵寫春愁，沈吟諱説情深淺。便柳徑頻逢，花陰低語，都當尋常相見。　算幾度、歡盟誤，猶記得、舊時恩怨。入帷東風冷，茶煙輕颺，夢魂未許愁拘管。病懷難遣。但單衾永夜，相思付與迴腸轉。朝來睡起，堆砌殘紅又滿。

踏莎行

曲曲迴廊，陰陰碧樹，小簾朱户知何處？草痕還共亂愁生，柳絲不綰春光住。　新恨空題，歸期又誤。斜陽消得鵑聲苦。不辭淚眼濕飛花，斷紅卻趁流波去。

汪先生曰：何減珠玉。

蝶戀花

長日水沈煙一縷。題遍新詞，誰會淒涼句？芳草無情連碧浦，春歸還是來時路。　已分年光愁裏度。吹盡繁香，風雨何曾住。獨坐傷春天未許，無端燕子簾前語。

踏莎行

病枕殘書，吟箋別緒。遲遲長日和愁度。鈿車怕過舊池臺，珠簾自掩閒風雨。嫩約無憑，芳音易阻。紅樓遙隔垂楊路。今宵有夢向花陰，迴廊不是經行處。

汪先生曰：淒苦極矣。作者嘗謂我詞過悲，我於作者亦云然耳。

蝶戀花四首

日暮東風吹細雨。曲曲闌干，曲曲閒愁緒。刻意春前憐墮絮，浮萍自向天涯去。謝盡紅榴消息阻。枝上流鶯，解得相思否？遮斷鈿車來往路，垂楊終是無情樹。

樓外平蕪連遠樹。樹外清江，江上嘶驄路。音信難憑魂夢阻，穿簾燕子空來去。知道行雲無定所。日日闌干，凭到斜陽暮。已分相忘情恐誤，花陰月影思量處。

寂寂花陰心暗訴。曲徑迴廊，長記相尋處。別後迴腸千百度，紅樓永夜思量否？隔雨飄燈朝復暮。未信無情，又怕關情誤。萬一重逢楊柳路，依前祇有閒言語。

落盡紅蓮凋碧樹。縱有芳期，未必無風雨。自諱從來相憶苦，但愁長日遲遲度。恩怨無憑情易誤。刻意相疏，便抵相憐處。留取迴腸君解否？花前祇當尋常遇。

汪先生曰：數首俱在陽春、小晏之間。

鷓鴣天四首

華西垻秋感

落木蕭蕭動客愁，西風更到最高樓。昏鴉早雁紛成陣，蓮葉蘋花各自秋。蛩亂語，燕難留。新涼團扇自然收。月光欲照如年夜，争奈珠簾不上鈎。

汪先生曰：微嫌物名多。

時樣妝成故故妍，廣眉長袖總堪憐。浮雲作態頻離合，明月無心任缺圓。秋露重，碧苔斑。飄燈未惜夜歸寒。不知多少傷心語，换得尊前一晌歡。

斷夢應羞卜錦鞋，窺簾鸚鵡莫相猜。蛾眉不畫何須妬，棋局頻翻亦費才。銀燭短，繡帷開。繁弦急管未堪哀。秋聲卻起梧桐樹，歎息當年手自栽。

回首紅樓隔畫牆，珠簾卷處怕相望。鳳箋偷疊藏深約，鸞鏡重開理舊妝。燈影暗，簟紋涼。西風换世也尋常。最憐乍結新蓮子，付與銀塘一夜霜。

箋曰：華西垻，華西協合大學所在地。金陵大學遷成都，假其校舍以辦學。此四首，詠金陵大學文學院人事糾紛也。先是，陳裕光景唐與劉國鈞衡如兩先生同學相友善，陳先生任校長，頗倚重劉先生，任之爲秘書長，圖書館長，後復兼文學院長。抗戰中學校遷蜀，漸不協。劉先生乃於一九四三年秋離職，赴甘肅主持蘭州圖書館，由某君繼長文學院。以中文系教師多出衡如先生門下，深忌之，遂於系事多方留難，兼造蜚語以中同人。如《斯文》半月刊已出版數年，頗著令聞，亦被勒停。余夫婦知事無可爲，遂萌去志，故第一首云「蛩亂語，燕難留。新涼團扇自然收」也。以下三首，多及當時校中反對劉先生之幕後活動，今已難詳。惟第二首謂余等於去留無所容心，故云：「浮雲作態頻離合，明月無心任缺圓。」第三首歎劉先生門下亦有背師負恩之徒，故云：「秋聲卻起梧桐樹，歎息當年手自栽。」第四首則惜來從學諸生或因此不能竟其業，故云：「最憐乍結新蓮子，付與銀塘一夜霜。」諸篇内容亦各有偏重，約略可知也。

踏莎行

淺語重參，閒愁暗理。花前曾會深深意。高樓風雨忍相忘，新涼闌檻誰同倚？　有限芳時，無憑錦字。迴廊一寸迴腸地。除非魂夢暫相尋，昨宵夢裏猶迴避。

鷓鴣天 四首

離合雲踪意轉迷，幾曾相見勝相思。絲成玉繭蠶空縛，花作泥香燕未知。　金井露，碧梧枝。西風翠袖苦禁持。月明不到迴廊下，夜夜新寒卷繡帷。

病枕昏燈不自聊，帶圍寬盡舊時腰。星辰誰解憐今夜，魂夢空教過謝橋。　寒惻惻，漏迢迢。心香禁得幾回燒？大堤無限青青樹，獨繫相思是柳條。

羞借清尊理舊狂，紅樓珠箔但相望。十年空忍將枯淚，一夜重迴未斷腸。　歡意少，別懷長。凭闌争惜更思量。西風不管黃花瘦，自向閒庭做晚涼。

極目行雲獨倚闌，羞憑雙燕問游韉。燭殘怕作長宵淚，香薄難温子夜寒。春夢短，客愁寬。花前何惜暫相看。此情忍付他年憶，更自殷勤理素弦。

汪先生曰：置之小山集中，幾不可辨。

浣溪沙 四首

樓上輕寒莫倚闌，水精簾外月如煙。閒愁新損昨宵眠。情逐柳絲牽緒亂，夢摇荷露當珠圓。見時何意忘時難。

複幕重簾不可尋，水西亭榭晝愔愔。鈿車長隔緑楊陰。十載青春迷蝶夢，一宵紅淚費鵑心。月廊花影自沈吟。

後約丁寧更渺茫，畫堂回首是河梁。吟箋疊淚自迴腸。暗惜芳辰愁月小，每尋幽夢願宵長。相思無益忍相忘。

寶鏡生塵懶曉妝，經年羅袖罷熏香。但穿珠淚作明璫。新月長留圓夜望，寒灰空憶爇時香。此情休恨祗尋常。

蝶戀花 八首

日影已高簾乍卷。相候紅闌，不比當初見。還趁輕風雙語燕，小園香徑閒行遍。孤負芳時情繾綣。十載花前，漸覺羞人面。楊柳千絲牽緒亂，相逢無奈傷春晚。

羅帶同心和恨綰。柳葉風輕，未許雙眉展。惆悵人間芳夢短，柔情長逐游絲轉。別後相思君莫管。年少逢春，祇合開歡宴。分付飛花過別院，幽懷欲訴腸先斷。

誰説春來慵早起？曉日樓臺，珍重相逢地。休向東風空費淚，深盟淺約都無計。不惜鏡中眉減翠。日日花前，長怕君憔悴。解得相思無限意，紅箋漫寫鴛鴦字。

閒逐尋香雙蛺蝶。柳陌桃蹊，趁取芳菲節。一寸春心花共發，東風吹展眉間結。爲惜芳時歡易歇。初日簾櫳，看到深宵月。不盡柔情應細説，明朝風雨傷離別。

自悔無端芳約誤。覓影尋聲，不惜頻回顧。衆裏匆匆通一語，柔情未敢分明訴。前日依依楊柳路。細雨斜風，獨到經行處。極目寒煙人已去，香車欲上猶凝佇。

暖日烘春江上路。細竹疏槐，新緑遮低語。一晌相看千萬緒，今朝更勝前朝遇。欲遣回波流恨去。歡唾啼痕，多少難忘處。夢裏銷魂能幾度？夢回忍説銷魂誤。

汪先生曰：翻小山語，別成深致。

箋曰：晏小山《蝶戀花》云：「睡裏銷魂無説處，覺來惆悵銷魂誤。」

寂寂重簾私語細。小檻迴廊，都是相思地。羞説春來無限意，眼波相覓還相避。深院月高花影碎。壺箭頻催，欲住渾無計。樂事人間能有幾？而今先費他年淚。淺夢難圓春易暮。幾度迴腸，忍淚丁寧語。滿目芳菲君莫誤，千花百草憑憐取。心緒紛紜難細訴。强作無情，更比多情苦。風雨天涯愁去住，尊前暫惜今宵遇。

鷓鴣天四首

華西垻春感

百尺高樓數仞牆，鸞弦羯鼓度新腔。暗收香稻防鸚鵡，故斫孤桐惱鳳凰。春漏洩，意倉皇。記名瑶册忍相忘。何曾一斗供閒醉，空自殷勤捧玉觴。

箋曰：此詠金陵大學當局乾没職工食米事也。當時米價昂貴，政府因按公教人員每家直系親屬人口，不論其是否在成都，一律發給平價米一大斗，合三十二斤，以維持生活。平價米價格遠較市場價格爲低。校方見利忘義之徒竟篡改法令，擅自按照教職工家口實在成都者發放平價米，餘人則按平價給與法幣。多餘之米則按市場價私自售出，以飽私囊，所得甚豐。一九四四年春，有人在學校總務處鈔得一九四三年九月二十二日學校致糧食部四川民食第一處名單（發文號爲蓉字第二六一八號），始發現此貪污行爲，於是全校大嘩。余夫婦乃上告教育部，當局及諸附麗之者則多方掩飾。幾經擾攘，卒以退還半年侵吞之食米了結，而余夫婦遂被解聘。古人云不可爲善，蓋此類是也。此第一首，上闋首二句謂其事出於外人出資興辦之大學。「新腔」，謂新聞，實醜聞也。第三句喻侵漁食米，第四句喻扼殺正義，皆斥貪瀆之徒。下闋首三句謂名單曝光，羣醜惶恐。末二句謂多數教職工姓名雖在配米册中，然所得甚微，猶舉空杯而飲，實無酒也。

暗撒金錢盛會開，浣紗女伴約同來。繁聲故亂霓裳譜，皓腕争收玉鏡臺。空作嫁，自爲媒。文成倚馬歎高才。苕華未肯留名字，夜夢無心到錦鞋。

箋曰：此第二首，寫本案曝光，當局狼狽，組織人力反撲，企圖救平其事。上闋首二句謂上下互相勾結利用，各有所得也。當時召開全校教職工大會，主席爲農學院院長某君，力主家醜不可外揚，以不能倒掉金字招牌爲説，而反對貪污、主持正義者每一發言輒被叫囂之聲掩蓋，不能畢其辭，故曰「繁聲故亂霓裳譜」也。校方又暗中保證發給不繼續追究者以下年度聘書，亦有受其迷惑者，故曰「皓腕争收玉鏡臺」也。下闋寫有人在會中提議發宣言否認貪污之事，脅令與會者簽名，其言甫畢，已有人將預先擬就之宣言提出，故譏爲「文成倚馬」。余夫婦拒絶簽名，蓋去志已決矣。《詩經·苕之華》云：「人可以食，鮮可以飽。」温庭筠有《錦鞋賦》，段成式嘲之曰：「知君欲作閒情賦，應願將身託錦鞋。」末二句出此。

十載芳華忍淚過，高壇廣座負春多。憑談海客瀛洲夢，卻訝情人碧玉歌。誇舞袖，妒長蛾。幾回辛苦點青螺。不須得意釵鈿約，鳳牒鴛函字易磨。

箋曰：此第三首，蓋悲當時附麗當局，阿諛取容者之終無所得也。上闋謂在學校工作之教師，長期受當局之蒙蔽，或聞將派其赴美留學，則感激曰：厚我厚我。迨案發後，乃驚歎此亦如薄倖情人之愛情歌曲爲不可信也。下闋補足此意，正告諸不辨是非或見利忘義者。厥後抗戰勝利，學校遷回南京，諸投機取巧、臨難苟免之徒亦多被逐，斯言驗矣。

塘外輕雷夢未驚，羽書空費墨縱横。無情野草妨來往，解意垂楊管送迎。　憐晚照，付春酲。尊前先計去時程。自知不是秦樓侶，一任鸞箋負舊盟。

箋曰：此第四首，寫米案之餘波。時有不以余等揭發貪污之舉爲然，致書醜詆者，亦有揚言欲飽以老拳者。余夫婦雖泰然處之，而諸生頗以爲慮，每於余夫婦往返學校時，輪流護送。此上闋之所喻。下闋則謂已決心離去，蓋羞與彼輩貪污勢利之徒爲伍，雖被解聘，亦無所顧惜也。時成都學術界皆不直金陵大學當局之所爲，故暑假後，華西協合大學中文系主任聞在宥先生敦聘祖棻至該校任教，而陳孝章兄亦介余於成都中學校長錢智儒先生，雖别上庠，仍登講席。所謂公道自在人心也。

薄倖

十年情事，但付與、塵弦蠹紙。歷幾許、春烽秋警，況自牽縈離思。更江關、尋遍神方，流離藥盞供憔悴。甚寶鏡妝殘，羅衾夢冷，灰盡香爐心字。　漸忘了、當時恨，争忍把、舊愁重理。怨恩尋常極，蛾眉無用，新歡未必嬋娟子。歲芳容易。任參差暗樹，縱横野草生庭砌。徘徊小扇，還待西風又起。

「怨恩」三句，汪先生曰：所謂怨而不怒者歟？

蝶戀花

斜月半牀愁不寐。乍遣還來，春夢分明記。蠟炬自憐無用淚，更闌猶向銅盤墜。　碧海青天長夜裏。無限淒涼，如此人間世。衹寫行行腸斷字，詞箋賦筆真何味。

臨江仙

一夜梨花吹盡雪，夢中從此無春。漫天風雨送黃昏。忍教新淚眼，重濕舊啼痕。　寶篆難銷長日恨，小屏誰與温存？暫憑詞賦守心魂。微生如可戀，辛苦爲思君。

浪淘沙 四首

長夜正漫漫，風雨添寒。江南江北又春殘。十載相思忘不得，無限關山。　回首血成川，如此中原。年年舊燧換新煙。四海傷心聞野哭，休念家園。

千騎壓雄關，難覓泥丸。危樓向晚莫凭闌。忍看斜陽紅盡處，一角江山。　烽火照尊前，未許閒眠。笙歌夢冷十年間。腸斷鷄鳴風雨夜，空費吟箋。

江水日東流，難盡離憂。孤鴻身世自悠悠。地迴天寬殘照冷，生怕登樓。躍馬夢中游，新病添愁。相思紅淚暫時收。獨立水西橋畔路，北望神州。

一水隔胡塵，未到朱門。銷金窩裏易銷春。燈火樓臺歌舞夜，舊曲翻新。夢語正紛紜，鐵騎如雲。新亭對泣更無人。漫想黄龍成痛飲，整頓乾坤。

汪先生曰：變調，然集中正宜有此。

高陽臺

疏箔張燈，殘妝掩鏡，高樓懶趁笙歌。賸有春山，依稀舊日雙蛾。緑陰不作繁花夢，奈繞枝、晚蝶愁多。歎連朝，換盡東風，淚冷紅羅。　當時照影銀塘水，早難尋墮絮，暗長新荷。綺怨瑶情，從來都付銷磨。連環不解同心結，贈明璫、悔託微波。隔金鋪，漸遠嘶驄，萬一重過。

瑣窗寒

裊盡爐煙，抛殘書卷，日長難度。燈前倚枕，永夜滿城更鼓。縱孤衾、暫容醉眠，夢魂不到相思路。想玉驄畫轂，重逢花下，此情慵訴。　敲户，琤琮雨。對小院濃陰，凭闌無緒。新晴便穩，不見尋芳仙侣。强清游、暗縈舊愁，問誰更伴東城步？但傷心、自譜詞箋，未惜弦聲苦。

祝英臺近

候紅橋，探碧渚，芳約記前度。春意如花，香委舊游處。可憐縱有并刀，愁絲難翦，繫多少、幽歡私語？　此情苦。長夜深鎖重門，離魂沐風雨。淚作珠燈，持照夢中路。甚時簾底凝眸，相思潮汐，待都付、眼波低訴。

「淚作」二句，汪先生曰：奇語，前人未道。

風入松

十年長是忍伶俜，一夕亂愁縈。傷心怕到經行處，萬絲柳、不繫離情。春夢如雲易散，啼痕似雨難晴。　懨懨永日掩重扃，新病總無名。西樓從此空良夜，賸詞箋、相伴今生。休憶當時恩怨，眼前歡意成冰。

過秦樓

小硯凝塵，短箋棲蠹，幾日病懷渾懶。頻温藥盞，細檢神方，卻奈夢魂撩亂。空記曉鏡妝成，門掩春風，玉驄嘶慣。歎相思別後，芳期無準，錦鱗書斷。　休更想、月影霏煙，花香散霧，絮語夜涼庭院。茶鐺易冷，詩卷慵開，繡枕晝長誰伴？閒坐還牽舊情，堤上鈿車，袖中紈扇。縱前游再續，回首清歡自遠。

汪先生曰：通首渾成，更無著圈點處。

浣溪沙

門外垂楊暫繫車，猶嫌低語隔煙紗。紅樓相望況天涯。　晚照難防明日雨，緑陰始惜舊枝花。情隨逝水送年華。

天香

藕

菰渚風多，蓮房露冷，鴛鴦夢易驚散。恨惹千絲，肌消雙腕，賸有此情難斷。相思寸寸，空負卻、玲瓏心眼。漫説污泥素節，還輸鬧紅零亂。　牽縈舊愁宛轉，記調冰、那人曾伴。懶共翠瓜朱李，玉盤初薦。留取靈犀一點。怎忍説、微波自今遠，怕種同心，銀塘淚滿。

汪先生曰：有此本領，乃能詠物。便覺碧山、玉田去人不遠。

瑞龍吟

和清真

城南路。空認趁水飛花，繫車芳樹。重尋歡迹游踪，墜香墮粉，春歸甚處。　更延佇。魂夢謝橋來往，未知朱户。青禽苦隔蓬山，斷箋賸錦，難傳細語。猶記紅樓遥夜，繡帷風淺，同聽歌舞。長恐後期能逢，芳意非故。江郎蠹筆，留寫相思句。經行地、殘陽照影，平蕪迷步。事委流波去。傷心怕理，情絲怨緒。愁繭抽千縷。清淚灑、飄燈簾櫳涼雨。恨長柱促，玉箏休絮。

「長恐」句，汪先生曰：轉折處遒勁。

踏莎行 四首

暗樹啼鶯，重簾隔燕。夢雲一夜風吹散。亂愁更比亂山多，柔情不共柔腸斷。 忍訴離心，相看淚眼。殘歡漸逐香車遠。花時從此掩重門，西樓明月無人管。

病倦抛書，愁多殢酒。紅薇庭院微涼透。花前忍理舊時歡，鏡中難諱新來瘦。 寂寂金爐，迢迢玉漏。飄燈珠箔黄昏後。夜深待遣夢魂尋，夢中知道相逢否？

恨緒重抽，迴腸欲斷。多情一例天難管。閒愁都是舊時恩，新歡易作他年怨。 夢裏温存，吟邊繾綣。長留相憶休相見。鸞箋十幅寫相思，深盟不共朱顔變。

「閒愁」二句，汪先生曰：悟此，則恩怨都空矣。

密誓空傳，同心漫結。如環滿月還成玦。冤禽休恨海波深，夢雲留補情天缺。 彩筆飄零，朱弦掩抑。拚將淚眼供離別。雙蛾縱使一生愁，袖中芳字應難滅。

夜飛鵲

和清真

重尋舊游路，無限淒其。紅日更斂斜輝。飛花如淚已飄盡，春痕猶染羅衣。相攜記前度，看銅街朱轂，酒市青旗。留連笑語，繞江干、細步偏遲。　還恐別時容易，珠箔隔燈痕，深院同歸。誰料經行門巷，清陰暗改，殘夢空迷。碧闌十二，望高樓、衹與雲齊。歎芳期難再，歡情已遠，莫到城西。

蝶戀花

猶憶當時湖上醉。面映桃花，眉奪垂楊翠。大好江山歌舞地，新妝連夜裁羅綺。　今日逢春空濺淚。夢似花凋，人比花憔悴。莫説承平年少事，雛鶯乳燕應難記。

一萼紅

甲申八月，倭寇陷衡陽。守土將士誓以身殉，有來生再見之語。南服英靈，錦城絲管，愴怏相對，不可爲懷，因賦此闋，亦長歌當哭之意也亂笳鳴。歎衡陽去雁，驚認晚烽明。伊洛愁新，瀟湘淚滿，孤戍還失嚴城。忍凝想、殘旗折戟，踐巷陌、胡騎自縱横。浴血雄心，斷腸芳字，相見來生。　誰信錦官歡事，遍燈街酒市，翠蓋朱纓。銀幕清歌，紅氍艷舞，渾似當日承平。幾曾念、平蕪盡處，夕陽外、猶有楚山青。欲待悲吟國殤，古調難賡。

汪先生曰：千古一歎。

鷓鴣天

刻骨相思自不磨，芳盟休恨更蹉跎。怕教淺夢成深怨，懶爲新妝改舊蛾。　雙淚落，一春過。此情終古負君多。那堪酒醒燈殘夜，獨向歌筵喚奈何。

虞美人五首

成都秋詞

沈沈銀幕新歌起，容易重門閉。繁燈似雪鈿車馳，正是萬人空巷乍涼時。　相攜紅袖誇眉萼，年少當行樂。千家野哭百城傾，渾把十年戰伐當承平！

地衣乍卷初塗蠟，宛轉開歌匣。朱嬌粉膩晚妝妍，依舊新聲爵士似當年。　迴鸞對鳳相偎抱，恰愛涼秋好。玉樓香暖舞衫單，誰念玉關霜冷鐵衣寒？

市誇安樂人如織，故主迎新客。芒鞋短褐舊時裝，今日高車大馬過煌煌。　暮收香稻朝羅綺，第宅連雲起。幾人下箸厭甘肥，猶有萬家風裏未裁衣。

箋曰：安樂寺，當時成都最大之投機市場，各項交易均在此進行。此寫其中得利者之神態也。

咖啡乳酪香初透，紫漾葡萄酒。市招金字作横行，更有參軍蠻語舌如簧。　并刀如水森成列，晶盞明霜雪。朝朝暮暮宴嘉賓，應憶天南多少遠征人！

箋曰：一九四一年十二月，中英訂立共同防衛滇緬公路協定，青年軍開入緬甸，協同英美苦戰經年，屢立殊勛。「天南遠征人」，指青年軍，其時美國空軍方以川西平原爲基地，將士麇集成都，生活奢靡，故作者不能無感也。

東庠西序諸年少，飛轂穿馳道。廣場比賽約同來，試看此回姿勢最誰佳？　酒樓歌榭消長夜，休日還多暇。文書針綫盡休攻，衹恨鮮卑學語未能工。

箋曰：當時成都有西人主辦之教會大學五所，其四所在華西垻。學生習於西俗，雖在國難深重之際，諸女生猶每年進行姿勢比賽，最優者爲姿勢皇后。至於荒嬉學業，崇拜歐美，以能操外語爲榮者，滔滔皆是，故詞云爾。北齊時，有士大夫教子學鮮卑語以服事公卿，見《顔氏家訓·教子篇》。

汪先生曰：數詞用意極好，微嫌章法如一。

減字木蘭花

聞巴黎光復

花都夢歇，枝上年年啼宇血。還我山河，故國重聞馬賽歌。　秦淮舊月，十載空城流水咽。何日東歸，父老中原望羽旗？

汪先生曰：兩兩對照，不堪淒咽。

箋曰：一九四四年八月二十五日，聯軍解放巴黎。

踏莎行 六首

譜夢朱弦，驚秋畫篋。初逢原自拚輕別。熏爐辛苦惜殘香，帶羅容易翻新結。　別苑尋花，空簾對月。柔情到此都休説。羞憑雙淚得君憐，低鬟一笑和愁咽。

錦字緘愁，羅巾揾淚。輕顰淺笑知深意。夢痕留作十年温，芳盟莫話三生事。　小檻前期，迴廊舊地。踪疏不信情難繫。一春空自説相思，問君真解相思未？

社燕空歸，東風乍惡。當時誤盡西樓約。文鱗易損罷瑶函，嘶驄驚認開珠箔。　逝水情輕，秋雲夢薄。爲誰繞砌栽紅藥？争如强別換長愁，沈吟卻悔重逢錯。

玉珮空留，連環易斷。歡情分作輕煙散。眼前猶有舊山河，夢中休記閒恩怨。　落葉長堤，垂楊小苑。相逢衹作尋常見。當時咫尺恨雲屏，春心一寸天涯遠。

後約無憑，幽期有限。花前容易開離宴。原拚孤枕得愁多，未妨别院尋芳晚。　昨夜星辰，今朝雨霰。浮雲一霎陰晴變。也知春夢不多時，未傷夢斷傷情短。

香篆都銷，羅衾乍擁。無端風竹簾前動。遥知月户待新期，猶欹玉枕尋殘夢。　積恨難排，清寒漸重。西樓此夜誰堪共？銅盤燭淚不須流，人間惟有情無用。

拜星月慢

舊迹迷塵，新愁縈霧，柳陌花蹊行遍。淺葉繁枝，早濃陰都换。記前度，俊賞春波碧草池閣，暖日幽香亭館。一夕西風，便歡悰吹散。　算誰知、再到薔薇苑。低徊怕、驀地迴廊見。漫想笑語逢迎，奈琴心先變。有芳期、已是游情倦，難忘處、更覓當時燕。又怎得、還似春前，説相思幽怨？

解連環

和清真

此情誰託？嗟山河咫尺，兩心悠邈。便也擬、低訴深悲，奈新雁渺茫，晚風輕薄。月冷西樓，自消受、一懷離索。歎相思幾日，病骨暗銷，懶檢靈藥。　當時贈君蕙若。記花開陌上，春在闌角。待細理、緗帙芸籤，賸零夢殘歡，衹道忘卻。偶拂塵鸞，甚未展、雙眉愁萼。盡淒涼、背人對面，總羞淚落。

減字木蘭花四首

成渝紀聞

良宵盛會，電炬通明車似水。炰鳳烹龍，風味京華舊國同。　金尊綠醑，卻笑萬錢難下箸。薄粥清茶，多少恒饑八口家。

腸枯眼澀，斗米千言難換得。久病長貧，差幸憐才有美人。　休誇妙手，憎命文章供覆瓿。細步纖纖，一夕翩翾值萬錢。

箋曰：抗日戰爭後期，大後方國事日非，民生益困。以寫稿爲生，無固定收入之作家，處境尤艱，甚至以貧病致死。則或有貴婦名媛爲之舉行舞會，以所得之款從事救濟。時人遂謔云：先生們的手不如小姐們的腳。事有合醜聞趣聞爲一，令人啼笑皆非者，此類是也。其時義寧陳寅恪丈方講學成都，嘗集古人詩句爲聯以抒其憤懣，文曰：「今日不爲明日計，他生未卜此生休。」乞華陽林山腴丈書之。林先生以其辭過悲，辭焉。陳丈乃別集東坡詩句云：「閉目此生新活計，安心是藥更無方。」以方病目也。其時有署名於目者，作打油體《街談雜詠》七律八首刊諸報端，其詠教授一首，即引用陳丈原集聯句。詩云：「教授皮黃包骨頭，溝中斷瘠待誰收？傷心飽學纍然狗，空腹高談吹甚牛？今日不爲明日計，他生未卜此生休。虛名坐誤真君子，餒在其中爲道謀。」又有某君詠公務員云：「何事不可作，偏爲公務員。家貧兒作僕，柴貴餅當餐。兩腳奔寒暑，六親斷往還。祇緣棺木貴，不敢上西天。」彼時成都皆以柴炊，須取之百里外，故售價頗高，而麥餅有名鍋魁者，其價差低，街頭巷尾皆有之，平民或購之以供日食，故第四句云然也。此詩，祖棻曾爲諸生誦之，或遂傳爲其所作，其實非也。

弦歌未了，忍信狂風摧蕙草。小隊戎裝，更逐啼鶯過粉牆。羅衣染遍，雙臉胭脂輸血艷。碧海冤深，傷盡人間父母心。

箋曰：此寫成都市立中學事件也。此校雖男女同學，而各分班級。一九四四年十月三十一日，男生高一班學生監厨，分肉不公，引起他班不滿，發生爭執。而校方處理時又偏袒高一班，他班遂罷課抗議。校方乃報市政府及省教育廳，請來官員數名，對罷課學生開導，因方式欠佳，致被諸生包圍。市長余中英認爲事態嚴重，乃令警察局長方超派警四十名，荷槍實彈，手執藤條，痛毆諸生，並侮辱女生。諸生有越牆逃走而仍被拉下施以鞭撲者，致受傷者多達三十有餘。當晚又拘押學生四十餘人。事件發生後，各大中學師生紛起聲援。十一月十一日，全市舉行大規模游行，要求四川省政府主席張羣嚴懲凶手。余中英、方超遂均被免職。此事，今日知者蓋已無多，姑録存之，以見凡鎮壓學生運動無好下場之説誠不可易也。

秋燈罷讀，伴舞嘉賓人似玉。一曲霓裳，領隊誰家窈窕娘？紅樓遥指，路上行人知姓氏。細數清流，夫婿還應在上頭。

箋曰：此首當與前《虞美人·成都秋詞》第五首合觀，蓋皆寫當時教會大學學風之流蕩也。時有北平南遷某校之校長夫人，尤工媚外，每率諸女生陪美軍軍官跳舞，雖爲路人指目，不顧也。故譏之。陳寅恪丈《詠成都華西垻》詩云：「淺草方場廣陌通，小渠高柳思無窮。雷車乍過浮香霧，電笑微聞送遠風。酒醉不妨胡舞亂，花羞翻訝漢妝紅。誰知萬國同歡地，卻在山河破碎中。」又勝利後北返，在《清華園作》有云：「桃觀已非前度樹，藁街長是最高樓。名園北監仍多士，老父東城有獨憂。」蓋辛有披髮之歎，鴻祖胡心之悲，所感深矣。祖棻二詞，蓋略同也。

玉樓春二首

無端相候沈香檻，幾度重逢情暗減。殘歡迴照夕陽紅，舊夢留痕秋色淡。　晚風衰柳閒門掩，怕檢羅衣添淚點。山盟更比素箋輕，愁味還同芳酒釅。

相逢漸覺情非故，漫記花陰當日語。儂心秋藕斷還連，君迹寒潮來又去。　蕭蕭黃葉江干路，夢裏難尋攜手處。愁縈殘篆一絲煙，淚盡空階千點雨。

卜算子

妾夢似春花，君意如秋葉。葉逐西風日日疏，夢與芳菲歇。　鵑淚映殘紅，落葉疑飛蝶。蝶自銜香上別枝，枉費啼鵑血。

浣溪沙三首

余往拈此調作游仙詞十闋，事非一時，語皆有託。雖或乖列仙之趣，亦庶幾風人之旨。近復有感，更續三章，題曰後游仙詞云爾

乞得神方不駐春，龍媒萬里障黃雲。銅仙鉛淚總酸辛。　金屋貯嬌曾見妬，長門買賦更承恩。閒情何事一銷魂？

箋曰：此首假詠漢武帝劉徹以諷蔣介石也。上闋謂漢武開邊西域，求龍媒天馬於萬里之外，猶蔣之一貫黷武也。漢武欲求長生，嘗鑄金銅仙人承露盤，欲得露和玉屑食之以求仙，而終不免一死，猶蔣之貪戀權勢，多行不義，行見衆叛親離，雖或不暇自哀，亦當使後人哀之也。下闋以漢武與陳皇后婚姻糾葛事，影射蔣與某女私通事。一九九二年二月二十二日《參考消息》第二版轉載同年二月二日出版之臺灣《新新聞》周刊中唐思竹所撰《四位「蔣夫人」的故事》一文中有云：抗戰期間（約在一九四四年）重慶盛傳蔣與一陳姓護士（據說與陳立夫有親戚關係）有染。宋美齡一氣之下，遠走巴西、美國。又雲南人民出版社一九八〇年十一月出版之宋喬著《侍衛官雜記》一書，曾詳記其事。雖不無虛構，要可見蔣私生活之一斑也。

塵界何由得避災，卻憐漢武少仙才。祇容王母住蓬萊。　海上神山金可買，園中嘉樹椽新栽。西飛青雀肯重來？

箋曰：此首詠宋美齡遠走美洲。「塵界」，指迭遭寇機轟炸，而氣候亦頗欠佳之重慶。蔣介石不能離開其地，而宋美齡則可去而遠之也。《漢武内傳》載西王母云：劉徹「形慢神穢」，「恐非仙才」。此用之。當時盛傳宋美齡將所搜刮民財轉移美洲，曾出重金購得一島嶼，又廣置橡膠種植園於巴西，以作久居之計，故詞後半云然。陳寅恪丈《聞道》云：「聞道飛車幾萬程，蓬萊恩怨未分明。玉顔自古關興廢，金鈿何曾足重輕？白日黄鷄遲暮感，青天碧海別離情。長安不見佳期遠，惆悵陳鴻説華清。」亦詠宋美齡去美事。吴雨僧丈小女學昭所撰《吴宓與陳寅恪》一書第一百十二頁所載陳丈此詩有吴丈注云：「時蔣公別有所愛，於是宋美齡夫人二度飛往美國，此詠其事。」甚確。

長劍高冠擁羽旌，瑤臺舊住十三層。仙班小謫出嚴京。　海水天寒驚乍凍，金丹火冷竟成冰。枉留靈藥號長生。

箋曰：此首詠何應欽降職事。一九四四年何由參謀總長外調，出任陸軍總司令。調職之由，則傳其有巨資存儲外國銀行，被人揭發，以致凍結，因被薄譴。「瑤池十三層」，謂參謀總長乃軍隊中最高官職。「海水天寒」、「金丹火冷」，喻財産不能動用，雖多無益也。外國銀行凍結何應欽財産之事，衡以當日情勢，當屬子虚烏有，然一時盛傳，亦見人民對此輩之心態也。

踏莎行

小苑鶯嬌，長堤柳細。傷心怕近高樓倚。夕陽紅到斷腸時，草痕緑遍相思地。　淺酒愁斟，清歌漫費。一春多病難成醉。花開不見去年人，東風吹冷花前淚。

鷓鴣天 四首

青鳥蓬山渺信音，昔同游地忍重尋。迷歸芳草添新緑，覆夢繁花換舊陰。　拚決絶，更沈吟。經年紅淚黦羅襟。相思恰似垂楊色，一日春風一日深。

日日西樓共倚闌，相思尚説帶圍寬。飄香亭榭留春住，斜月簾櫳惜漏殘。　心下事，眼前歡。等閒争信昔盟寒。情知夢斷無由續，猶盼相逢似舊看。

細字真珠訊暗通，花陰幾度繫嘶驄。垂楊青眼經前夢，芳草紅心記舊蹤。　春易盡，恨難同。好風還到畫樓東。也知刻意相迴避，咫尺闌干不再逢。

「也知」二句，汪先生曰：言爲心聲，何以哀感至此？

箋曰：汪先生評止此。余嘗乞先生續評其餘，先生曰：「一序足矣。」余不敢固請。自此以後，無復評矣。

舊怨新歡枉費猜，鸞弦迸淚咽沈哀。已分羅帶難成結，未燼心香願化灰。　花竟落，燕遲回。幽階一夜滿青苔。從今不作重逢想，底事無端入夢來。

踏莎行 四首

錦字休題，幺弦自譜。玉爐灰冷沈香炷。舊巢雙燕不歸來，畫簾空卷斜陽暮。斷夢迷雲，繁香墜雨。緑陰猶費啼鵑語。柳條辛苦繫春光，東風吹盡枝頭絮。

陌上新塵，門前舊轍。瑣窗空度芳菲節。楊花自在繞天涯，丁香獨向春風結。萬點飛紅，千山怨鴂。閒愁莫共流鶯説。斜陽晼晚戀高枝，柳梢卻上彎環月。

淺葉成陰，殘紅趁水。也知春去留無計。那堪特地卷重簾，當風坐看繁香墜。繡帕餘熏，銀箋細字。人間惟有愁難寄。芳時費淚向花前，流鶯不解傷春意。

認路嘶驄，吹愁舊絮。謝橋東畔逢迎處。夢魂刻意更相尋，行雲已作前山雨。逝水歡情，垂楊亂緒。游絲無力縈春住。杜鵑夜夜泣空枝，飛花自逐流波去。

蝶戀花

窈窕窗紗煙霧隔。無計相忘，無分長相憶。拚得一生原未惜，深情何意供輕擲。知道新來雙眼澀。夜雨連宵，替向階前滴。夢似落花如可拾，殷勤重覓春蹤迹。

謁金門 二首

庭樹緑，重見碧闌干曲。密約未知殘夢促，君心如轉燭。當日相看不足，今日相逢眉蹙。始信墜歡無處續，淚花紅一掬。

春自遠，誰分舊恩成怨？一任楊花過別院，東風無意管。　乍覺情疏羅扇，羞自盟尋金鈿。珍重新期如月滿，月明休更見。

玉樓春 四首

南園依舊花千樹，遲日亭臺雙燕語。東風有意約愁來，江水無聲流夢去。　黄昏漫轉秦箏柱，掩抑情多弦自苦。楊花原不解傷春，一點愁心空付與。

離離芳草同游地，歷歷瑶箋前度字。風中亂絮舊情輕，雨後零紅殘淚墜。　當時苦作留春計，今日逢春還自避。落花不惜化香泥，別有雕梁棲燕子。

莓苔緑遍閒階縫，一桁簾垂波不動。杜鵑空自苦傷春，胡蝶何曾能憶夢。　闌干四面繁花擁，紅燭高樓杯酒共。芳期細數去年歡，舊恨留填長日空。

小桃枝上東風起，碧野朱橋攜手地。千絲柳繫舊時情，萬點花飄今日淚。　嬌鶯解語渾多事，別燕重逢如隔世。飛紅宛轉託春波，流盡年光橋下水。

過秦樓

暗碧籠窗，曉晴侵幕，病骨乍驚微暑。争馳畫轂，遍覓神方，頓覺客懷淒楚。還喜捷報頻傳，重計行程，故鄉歸路。怕枯腸斷盡，近患腸疾，久而未愈。詩囊收拾，更無新句。休試憶、玉几供花，瓊杯量藥，翠枕日長低語。留愁待月，扶影移燈，細數夜深更鼓。猶記江南舊時，魚膾金盤，驄嘶朱户。料端陽漸近，難醉紅榴院宇。

玉樓春 二首

重來小院憐幽獨，寄語芳期休暗卜。舊栽蓮子總成空，已斷藕絲難更續。西風換葉驚重緑，漫説當筵離恨促。歡情羞共月同圓，別夢慵尋闌幾曲。

傷心對面蓬山遠，咽淚强教眉黛展。舊情惟許夢重尋，墜緒已隨腸共斷。別來愁記恩和怨，殘醉醒時人易散。青禽雲外莫相聞，朱轂天涯休再見。

望江南

題《樂府補亡》

情不盡，愁緒繭抽絲。別有傷心人未會，一生低首小山詞。惆悵不同時。

箋曰：祖棻嘗戲云：「情願給晏叔原當丫頭。」即此詞意也。

丁香結

乙酉秋，千帆將重赴嘉州，賦此留之

藥盞量愁，蠹編銷骨，何況送君南浦。記亂烽歧路。算未抵、此日淒涼情緒。畫梁棲不定，飄零感、客燕最苦。朱門難傍，積雨巷陌，移家何處？休去。便夢冷歡殘，忘卻琴心爾汝。繡幄圍香，秋窗翦燭，待商新句。腸斷鄉國信息，獨向天涯住。嗟長貧多病，羈恨憑誰共語？

箋曰：時抗戰勝利在即，余方謀出峽，適劉弘度丈召余重教武漢大學，余諾之。而祖棻多病，故賦此相留也。

①「共」，底本作「乍」，據《涉江詞稿》油印本、《涉江詞》改。

涉江詞丁稿

海鹽沈祖棻子苾撰　閒堂老人程千帆箋

聲聲慢

聞倭寇敗降有作

追踪胡馬，驚夢宵笳，十年誰分平安？已信猶疑，何時北定中原？真傳受降消息，做流人、連夕狂歡。相笑語，待巴江春漲，共上歸船。　腸斷吴天東望，早珠灰羅燼，喬木荒寒。故鬼新塋，無家何用生還。癸未夏，紅妹病殤。乙酉春，先君復棄養滬上。依然錦城留滯，告收京、家祭都難。聽奏凱，對燈花、銜淚夜闌。

過秦樓

乍掃胡塵，待收京國，一夕萬家歡語。苔迷舊徑，草長新墳，忍望故園歸路。何日漫卷詩書，巫峽波平，片帆輕舉。縱生還未老，江南重到，此情偏苦。 愁更説、苜蓿堆盤，文章憎命，尚作錦城羈旅。尋巢燕倦，繞樹烏驚，況是暫棲無處。誰慰淒涼病懷？吴苑書沈，秦樓人去。賸香爐藥盞，留伴悲秋意緒。

鷓鴣天

病起幽窗理故書，蕭蕭風雨閉門居。慵尋殘夢迷胡蝶，笑擲華年付蠹魚。 明鏡暗，夜燈孤。藥杯親近酒杯疏。縱教懺盡相思意，眼底興亡忘得無。

過秦樓

眼怯殘編，影羞明鏡，病榻日長無緒。愁多易醒，夢惡頻驚，更怨夜遥難度。羅薦不耐清寒，秋撼梧桐，幾番風雨。正燈花暗墜，鼠翻窗網，柝聲淒楚。 空自説、關洛全收，詩書争卷，一棹緑波歸路。蒼楸冢冷，喬木門荒，又見故鄉煙霧。休想重温舊游，佳麗湖山，升平歌舞。但商量藥裹，還作江城倦旅。

瑣窗寒

病藉愁支，秋添夢冷，歲華空晚。長宵瘦骨，漸怯舊時羅薦。渺關山、故鄉自遥，暮雲過盡無南雁。便金盤膾鯉，明燈披帙，此情天遠。　小硯，流塵暗。歎欲寫新詞，客懷何限。清游俊約，又恐登臨先倦。縱尊前、幾回强歡，斷腸淚共芳醪咽。但消凝、落葉啼螿，夜雨芭蕉院。

祝英臺近

柳枝凋，叢桂歇，秋盡有誰管？一夜西風，籬下菊初綻。卻憐纔得新晴，月天霜曉，又都付、當時鴻雁。　自消黯。幾多殘葉飄零，荒溝枉題怨。苔井莓牆，更聽亂蛩遍。漫誇過了重陽，輕陰催暮，怕依舊、雨昏雲暗。

箋曰：前《過秦樓》之「故鄉煙霧」及此首之「雨昏雲暗」，皆喻内訌日烈也。

三姝媚

寄千帆嘉州

西風江上館。問青衫、征塵漬痕誰浣？幾日新寒，漫小窗孤燭，夜深攤卷。已慣分攜，應不爲、相思腸斷。舊賞山川，松徑花蹊，可曾行遍？　休念空庭秋晚。正久病沈哀，客懷難遣。故侶相邀，奈酒杯渾減，俊游都倦。雨暗燈昏，欹枕處、殘編慵展。卻歎重城迢遞，更長夢短。

夢橫塘

過江胡馬，照海狂烽，十年腸斷羈客。病枕關河，怕細數、飄蓬踪迹。春水橫塘，落花吴苑，夢痕難覓。算登臨倦眼，望到而今，驚重見、收京國。　誰知轉首家園，甚霜晨月夜，雁影成隻。白髮高堂，空灑淚、紙灰寒食。但翻悔、兵塵萬劫。枉换生還了無益。漫問南鴻，一天煙霧，更何時歸得？

摸魚子

得家書作

已消凝、一秋淒楚。銀箋重認愁語。十年空作生還計，終負倚閭心緒。悲切處，争忍憶、殘燈垂死呼嬌女。孤帆尚阻。便傾淚如江，斷腸成寸，難悔此回誤。　思量遍，何事淹留倦旅，江關贏得詞賦。淒涼漫説傳經意，誰識蓼莪情苦？休細訴。渾不信、紅顏白髮皆黄土。吴城舊宇。賸棠棣猶存，松楸待種，歸隱虎丘路。

浣溪沙

一夜西風落葉深，朱橋舊路漫重尋。秋燈病枕獨沈吟。　貫淚成珠難繫夢，迴腸作結不同心。當時輕負況而今。

二郎神

錦箋細字，重展處、淚痕空滿。縱鼓角驚心，兵塵隨步，誰道鄉關路遠？死別吞聲成離阻，算半面餘生難換。賸出峽客帆，收京家祭，悔教歸晚。　休歎。長愁養病，天寒孤館。念白髮青燈，藥爐茶竈，當日何人照管？待斷柔腸，拚埋瘦骨，那定夜臺相見。惟夢到，淡月梨花院宇，舊家歡宴。

鷓鴣天

傾淚成河洗夢痕，忍尋絮影認萍根。自憐久病惟差死，但許相忘便是恩。　蓮作寸，麝成塵。寒灰心字總難温。人間猶有殘書在，風雨江山獨閉門。

箋曰：余偶誦温尉《達摩支曲》，忽憶祖棻此詞，棖觸於懷，因賦寄一律云：「萬古春歸夢不歸，空庭斜日又花飛。故新恩怨情如在，蓮麝絲塵意肯違？風雨閉門君獨卧，江湖乞食我長饑。一椽偕隱何年事，悵望林泉詠采薇。」

浣溪沙 十首

院静廊深日影斜，陰陰庭樹欲棲鴉。金爐獸炭晚頻加。舊夢難忘心似絮，新書乍展眼生花。茶煙藥裏送年華。

枉説收京換漢旗，江南返棹尚遲遲。小窗開到臘梅枝。故侣殷勤留遠客，家書鄭重勸東歸。日長病枕費沈思。

十載青春付亂離，倦游人尚滯天涯。朱顔暗換鏡鸞知。殘緑愁蛾羞石黛，淡黄病頰費胭脂。曉妝無力倚帷時。

虎阜横塘數夕晨，年年歸夢繞吴門。客衫應許浣征塵。舊賞湖山空待我，新陰桃李故留人。升平還負故園春。

照眼晴暉到枕窩，褰帷乍喜曉風和。清游俊約總蹉跎。小坐强誇新病校，閒眠難遣舊愁多。江樓何日得重過？

藎篋塵封久倦開，寒衣檢點怯重裁。銅鋪長日掩青苔。神爽偶因新睡足，病痊還喜故人來。經年止酒一銜杯。

伏案閒行兩不支，新來絳帳怕論詩。卷書欹枕惜芳時。遍檢神方難卻病，尋思好計不如歸。遥天月冷雁南飛。

碧瓦凝寒夜有霜，人天萬感正茫茫。無端月影上迴廊。輕夢每邀愁作伴，苦吟偏與病相妨。寒衾何計遣更長？

小几瓶梅漾冷香，幽階溥露咽啼螿。沈沈雙柝隔重牆。侵被寒因多病覺，挑燈夜爲不眠長。避愁新計是相忘。

寂寂重簾下玉鈎，蠹編塵硯已全收。熏籠藥盞小茶甌。載酒人來休問字，扶鬢客久怯登樓。相期病起作春游。

鷓鴣天

忍淚言愁事兩難，如環恩怨總無端。十年真覺輕微命，九死寧能悔舊歡。香淡薄，燭汍瀾。風簾月暗漏初殘。西樓共展鴛鴦錦，短夢長宵各自寒。

浣溪沙六首

畫轂相隨大道邊，南園草色正如煙。迴廊絮語暫流連。紅萼有情春未老，東風乍暖夢先寒。花前無計盡君歡。

見妬蛾眉衹自羞，鈿盟釵約漫綢繆。春陰漠漠鎖重樓。作繭蠶絲難織夢，貫珠鮫淚但穿愁。芳時盡日下簾鈎。

浣盡羅襟舊淚痕，垂楊巷陌掩重門。春風入幕故尋人。似水柔情冰漸泮，如醒新夢酒初醺。百花時節恰逢君。

遲日園林阻俊游，飄燈珠箔更難留。熏爐欹枕思悠悠。樓外江波新漲淚，風前柳絮漸吹愁。不堪春夢冷於秋。

乍爇心香願已乖，自將春夢共灰埋。有情人世總堪哀。解珮衹應留玉玦，盟星未許誓金釵。落梅庭院忍重來。

一桁疏簾漾月痕，幾回花下共清尊。强拚輕別易銷魂。蠟燭煎心空替淚，車輪碾夢總成塵。不辭薄怨換深恩。

蝶戀花

江畔高樓江上樹。一片春波，緑到江南路。欲待征車花下駐，銷魂是處哀鵑語。飛絮天涯留不住。負卻東風，牽繫垂楊縷。點點離心憑寄與，漫空吹作愁無數。

鷓鴣天

垂柳多情繫鈿車，花時莫惜倒金壺。朱簾辛苦防鸚鵡，緑樹殷勤喚鷓鴣。愁倚枕，倦抛書。燭銷人去小窗虛。謝橋踏月經行慣，魂夢今宵到得無？

倦尋芳

緑楊巷陌，青草池塘，春恨難剗。暝色凝寒，連日晝簾慵卷。風雨高樓花易落，江山故國愁空滿。漫傷心，問人間幾許，舊恩新怨？　歎久病、殊鄉孤館。芳節清游，尊酒都倦。轉燭飄蓬，心事十年淒斷。獨立蒼茫天地迥，千秋寂寞文章賤。正消凝，遍關河、亂笳催晚。

浣溪沙二首

逝水斜陽竟不回，繁花一夕委蒼苔。去年雙燕幾曾來。　君意如春濃勝酒①，儂心似篆冷於灰。新歡舊夢付沈哀。

卧病花時罷俊游，碧雲四合暗孤樓。黄昏長下小簾鈎。　壓枕春寒無好夢，照帷明月有新愁。東風淒冷似殘秋。

喜遷鶯

丙戌春，素秋至成都，漪如來會。共論舊事，兼訊新愁，因賦此闋

雲鬟驚認。算經亂、客懷清歡休問。粉黛商量，綺羅斟酌，空記舊時嬌俊。藥裹枕邊誰檢？酒盞花前愁近。夢塵遠，歎尋芳拚醉，疏狂無分。　歸訊？春又晚，一棹江南，幾度期難準。忍倚危闌，

山河斜照，依舊東風淒緊。翠墨未乾殘淚，彩筆重題新恨。待扶病，共西窗夜話，燭銷更盡。

箋曰：胡元度，字漪如，四川資中人，中央大學中文系畢業，黃仲翔妻。後移居美國，已故。

臨江仙

樓外陰晴未定，尊前哀樂難排。今年花落舊池臺。殘春鵑自怨，芳訊燕還猜。　緘恨玉璫休寄，障羞紈扇新裁。同心誰道不須媒？明珠空換淚，香篆易成灰。

玉樓春

乍聽穿柳鶯聲弄，又見隔窗花影動。珠簾四面暫圍春，玉藕千重偏縛夢。　爐灰燭淚終何用，今夕月明誰與共？新愁怕拂鏡邊鸞，長夜還羞衾上鳳。

高陽臺

遲日林亭，繁香巷陌，逢迎寶馬鈿車。十二珠簾，誰憐燕子無家？清明杏雨江南遠，數驛程、夢短愁賒。忍凭高，望極平蕪，更聽悲笳。　柔情苦繫千絲柳，怕楊花輕薄，容易天涯。説與傷春，流鶯未惜年華。相思欲付新詞譜，漫酒邊、拍碎紅牙。但銷磨，病骨吟魂，檢藥煎茶。

踏莎行

柳徑桃蹊，歌樓酒席。舊游新賞渾抛擲。東風一夕夢誰同？斜陽四海愁無極。　蠟淚凝紅，煙絲裊碧。閒庭花落鵑聲急。不妨高卧送流年，埋憂尚有書千册。

西平樂慢

畫閣初晴，翠綃新暖，人静寶鴨煙微。燭刻歡痕，扇障羞暈，當時已覺淒迷。況蜀國啼鵑自苦，芳陌嘶驄易誤，清尊漸竭，垂楊不繫殘暉。重覓鈿車舊轍，庭院迴，密意緑鸚知。　轉蓬浪迹，浮雲世事，别緒空縈，佳約難期。休試想、繁花壓檻，皓月侵樓，一夕濃香醖夢，複幕圍春，欹枕燈前絮語低。他日更拚，平蕪目斷，遠水音沈，對酒當歌，費淚迴腸，今生有分相思。

浣溪沙

笳鼓關河怕倚闌，荒涼喬木念家山。舊愁新淚夢痕寒。　猶有書籤消歲月，聊憑詞卷敵悲歡。高樓花落又春殘。

祝英臺近

畫橋迴，朱户掩，驄認舊游處。曲檻圍香，休道等閒度。可憐柳膩花酥，蜂狂蝶醉，儘消受、芳菲如許。　歲華暮。空費千尺晴絲，那能繫春住。似客東風，争忍便歸去。斷腸有限飛紅，無多殘照，待都付、啼鵑聲苦。

鷓鴣天

尊畔無聊雜笑啼，芳菲過眼太依稀。殘蛾誰分供謡諑，哀鳩應知怨別離。　花濺淚，柳舒眉。一春幽夢總參差。流鶯不管傷春意，猶自銜香趁夕暉。

踏莎行

隔雨紅樓，張燈翠箔。東風料峭雲羅薄。蝶踪容易趁香棲，鵑聲宛轉悲花落。　語淺愁深②，春同夢各。吟邊長恐相思錯。繁絲亂絮意空迷，青天碧海心難託。

鷓鴣天

眼底興亡百感并，詩書何足遣浮生。賈生痛哭知無益，仲氏埋憂恐不情。　成敗論，故新盟。人間哀樂總難平。惟應一盞花前酒，換取千秋萬歲名。

八聲甘州

歲在丁丑，寇祲大作。余與千帆自南都竄身屯溪，教讀自給。從游有葉萬敏、田盛育、張貽謀、吴玉潤四生，皆流人也。講貫多暇，屢接談宴。已而倭勢日張，葉生偕友間道歸省，車過宣城，覯逢不若。其友死於轟炸，生則踉蹌反校。是年冬，兵禍連結，名都迭陷。千帆以督課有責，不欲遽行。諸生乃先侍余出安慶，溯江至漢皋。榛梗塞塗，苦辛備歷。明年夏，余始由長沙西上，流寓渝州。諸生並先後來集，猶得時獲晤對。葉生旋慷慨投筆，改習警政。空襲既頻，餘子因亦散處。其後余轉徙巴蜀，疾病侵尋，遂不相聞。頃者，田生偶自滬濆得余消息，書問起居。且告以葉生學成，服官湘中，芷江之戰，捐軀殉國。英才滅耀，離而不懲。撫情追往，戚然終日。憶余鼓篋上庠，適值遼海之變，汪師寄庵每諄諄以民族大義相誥諭。卒業而還，天步尤艱，承乏講席，亦莫敢不以此勉勖學者。十載偷生，常自恨未能執干戈，衛社稷，今乃得知門下尚有葉生其人者，不禁爲之悲喜交縈。抑生平居温雅若處子，初不料其舍身赴義，視死如歸也。方今寇平期年，而内争愈烈，忠魂有知，其何以堪。因賦此篇志痛，並寄田生，俾同哭焉。天中節後五日。

記當時，烽映絳帷紅，弦歌雜軍聲。更壓城胡騎，連營戍角，難覓歸程。亂鵶隕星如雨，九死換餘生。征棹寒江夜，同賦飄零。　腸斷十年消息，望湘雲楚水，空弔英靈。奈國殤歌罷，月黑晚楓青。賸凭高、欷歔酹酒，向遠天、揮淚告收京。傷心極，怕魂歸日，鼙鼓重聽。

祝英臺近

鏡鸞收，衾鳳疊，風暖綺羅換。過盡香車，門掩夕陽晚。眼前葉暗榴明，簾垂幕静，算猶是、當時庭院。　舊情遠。幾回銀燭金杯，依然等閒見。終日相思，争忍更相怨。賸教殘月迴廊，微燈深户，趁輕夢、殷勤尋遍。

鷓鴣天

蜀國千山泣杜鵑，江潭倦柳不吹綿。多生哀樂空銷骨，終古興亡忍問天。　春似夢，夜如年。久拚沈醉向花前。人間别有難忘處，滿目關河落照邊。

生查子二首

妾意凝冰堅，君緒東風緊。吹皺緑池波，照影憐青鬢。　如風迹漫尋，似水情難盡。瀉淚漲春江，不寄雙魚信。

離魂趁柳花，夜夜相尋逐。君夢化行雲，知向誰邊宿？　丁香結不開，秋藕絲相續。門外緑楊多，萬一停朱轂。

西平樂慢

病榻茶煙，旅窗書卷，愁理昔日歡悰。聽雨樓臺，上燈簾幕，垂楊慣繫驕驄。歎似客東風易去，如水流光未住，鶯沈蝶悄，休尋紫陌游踪。重憶尊前舊迹，回首處，酒醒覺春空。　鴆媒難託，蛾眉自誤，明鏡慵開，瑶札羞封。誰解與、傾城通顧，刻意傷春，宛轉琴心細會，釵約堅盟，夜夜星辰夢總同。留取此情，青天碧海，小月長年，佇苦停辛，拚得今生，人間萬一相逢。

拜星月慢

畫燭簾櫳，輕紗窗户，絮語遥更催晚。暗縛柔情，漸紅蠶成繭。數歡事，漫説香車月扇初遇，綺席珠燈頻見。忍把相思，付尋常消遣。　待殷勤、帶結深深綰。琴心苦、不惜朱弦斷。卻歎乍隔銀屏，便天涯人遠。怕浮花、浪蕊閒尋遍，夭桃笑、錯比春風面。但賸有、樓外垂楊，織愁絲撩亂。

六幺令

酒消燈灺，容易清歡歇。沈沈洞房簾影，猶照當時月。數盡長宵玉漏，始信相思切。繁花迷蝶，暖香棲燕，卻恐紅樓夢情別。　爐熏何苦更炷，篆逐寒灰滅。琴調未必相知，淚共冰弦咽。幽徑新苔暗遍，漸掩門前轍。帶羅重疊，柳絲參錯，惟有同心最難結。

少年游

爐灰苦畫舊歡痕，何日共芳尊？酒淡春濃，語低香近，殘夢總難温。　闌干移盡斜陽影③，新月又當門。歌繞花圍，淚明燈暗，各自度黄昏。

齊天樂

淡煙疏雨江干路，行吟但供憔悴。百劫兵塵，三年病枕，留命人間何味？家園萬里。況風木餘哀，一抔誰祭？待挂歸帆，去程重見亂烽起。　西南休道住久，飄零如社燕，危幕難寄。故國青蕪，王風蔓草，淒絶凭闌心意。悲歡漫理。賸鉛淚銀箋，相思空費。夢醒天涯，客游真倦矣。

拜星月慢

觸目春痕，關心離緒，陌上垂楊無限。萬縷千絲，待柔情重綰。怕游賞，慣向珠歌玉醉筵席，亂葉狂花庭館。一例相思，誤秦樓仙伴。　任門前、畫轂從今遠。聽風雨、獨閉紅梨院。怎奈密誓鸞釵，又吟邊相見。也原知、未當尋常看，參差夢、各自沈吟遍。算最苦、去住難拚，逐迴腸千轉。

鷓鴣天

凝恨斜暉意轉迷，柳條無力綰芳菲。浮花浪蕊鶯相逐，翠竹青桐鳳始棲。　春畹晚，夢參差。門前溝水自東西。多情卻作無情計，換取相思要別離。

浣溪沙

庭館西風客思深，斜陽如夢怯登臨。旅愁歸計兩難任。　萬劫乾坤供一擲，百年憂患付孤吟。更無餘淚與沾襟。

鷓鴣天

長夜漫漫忍獨醒，八荒風雨咽鷄鳴。從來天意知難問，如此人間悔有情。　歌倦聽，酒愁傾。文章袛恐近浮名。卻憐年命如朝露，適俗逃禪兩未能。

玲瓏四犯

倦雁驚烏，歎十載關河，羈恨空滿。待折垂楊，爭奈別懷撩亂。拚得夢斷江南，便久客不辭歸晚。問等閒、春檻秋榭，能換幾回相見？　暗期珍重銀燈畔。怕尊前、舊情天遠。狂香浪粉逢迎處，容易韶光賤。未肯鬥畫兩眉，但自惜、傷春心眼。縱暫留無益，西樓後夜，相思難遣。

長亭怨慢

八月上浣，將發成都，倚裝賦此

縱慵理、愁絲歡緒。無益相思，忍拚歧路。一紙鄉書，喚人鵬翼御風去。別筵杯酒，空咽淚，情難訴。轉首萬重山，漫設想、花前重遇。延佇。念釵盟宛轉，不惜爲君留住。偷傳錦字，幾曾換、小屏私語。伴芳游、故燕新鶯，算難著、吟邊清侶。任唱徹陽關，消受離懷淒楚。

①「勝」，底本作「似」，據《涉江詞稿》油印本、《涉江詞》、《沈祖棻創作選集》改。

②「語」，底本作「雨」，據《涉江詞稿》油印本、《涉江詞》、《沈祖棻創作選集》改。

③「移」，底本作「倚」，據《涉江詞稿》油印本、《涉江詞》、《沈祖棻創作選集》改。

涉江詞戊稿

海鹽沈祖棻子苾撰　閒堂老人程千帆箋

六醜

甚征塵乍浣，又一夜、愁寬腸窄。暮雲萬里，西飛無羽翼，離恨何極。幾許纏綿意，夢魂顛倒，損病餘心力。秋風過雁沈消息。賭酒紅樓，聽歌綺席。應知有人相憶。歎深情未訴，鸞紙空擘。尋思前迹，悵幽期阻隔。百草千花路，迷舊轍。芳華未解珍惜。便車輪四角，當時留得，相逢處、也應無益。分攜後、卻悔輕拚遠别，故盟虛擲。難重换、佳會歡刻。賸枕函、點點相思淚，長宵暗滴。

水龍吟

斷腸重到江南，感時今已無餘淚。腥塵漲海，金錢迷夜，萬家酣醉。劫後山川，眼中人物，傷心何世。歎收京夢醒，排閶路遠，憑誰問、中興計。還見驚烽紅起，望關河、危闌愁倚。黄昏漸近，蒼茫無極，斜陽難繫。漫念家園，荒田老屋，新喪故鬼。怕長安殘局，神州沈陸，祇須臾事。

齊天樂

十年辛苦收京夢，征衫宿塵初洗。未料生還，依然死別，終古無情天地。江山信美。歎照眼宵烽，斷腸家祭。一樣煩冤，九泉休問故新鬼。神方殘卷料理。賸蒼茫四海，身世孤寄。似客家鄉，如冰意緒，重到江南何味。蓴鱸舊里。要衣錦人歸，自傷憔悴。甚處秦樓，苦吟容共倚。

六幺令

玉驄嘶慣，門外停車轂。幽盟暗防鸚䳇，簾箔銀鈎觸。人面羞將花比，懶趁新妝束。初燈殘燭，瑣窗朱户，卻道相看幾時足。催歸無奈杜宇，轉恨離筵促。酒醒已隔天涯，忍極傷高目。過盡寒雲雁字，不寄相思幅。蓮心一掬，藕絲千縷，斷夢參差未堪續。

減字木蘭花

悲歌痛飲，自古還鄉須衣錦。貧病交加，漫道青山是處家。新烽又起，坐閱興亡無好計。四顧茫茫，灑淚乾坤對夕陽。

瑞鶴仙

珞珈山間居示千帆

漢皋重到處，喜萬劫生還，江山如故。安排舊廊廡。數仰槐甘藿，十年辛苦。春歸夢去。縱不記、昵昵爾汝。算秦樓、潑茗添香，猶有蠹書堪賭。　朝暮。吟箋斟酌，便抵當時，目成心許。情絲怨緒。思量後，總休訴。要鷄鳴風雨，餘生相守，笳鼓聲中暫住。待看花、病起重帷，更開尊俎。

踏莎行

佳節清尊，芳時俊約。玉梅花下相逢錯。無根萍蔕易飄流，多情柳絮終輕薄。　青雀難回，紅鱗漫託。相思知向誰邊著。每因微怨憶深恩，燈前珠淚雙雙落。

浣溪沙

如此星辰漏向殘，心香久分化空煙。多情絳蠟莫汍瀾。　花影簾櫳春隔夢，月華闌檻夜凭寒。伶俜已忍十年間。

鷓鴣天

鏡裏蛾眉衹自看，花飛葉落損華年。春風卷幕難通顧，修竹凝妝獨倚寒。　情似繭，恨如環。秋聽殷地逼哀弦。人間那有相逢事，極目蒼茫一惘然。

臨江仙

如此江山如此世，十年意比冰寒。蛾眉容易鏡中殘。相思灰篆字，微命託詞箋。　獨抱清商彈古調，琴心會得應難。幾時相遇在人間？平生剛制淚，一夕灑君前。

夜飛鵲

垂楊拂朱户，驕馬頻嘶。猶恨去早來遲。西樓明月共良夜，珠燈長醉瓊卮。韶華正歡洽，怕鵑啼花落，蝶倦春歸。佯疏强别，要今生、留取相思。　回首酒醒人遠，殘夢漸如煙，佳會無期。何況新寒闌檻，經秋望眼，鴻杳雲迷。銀屏翠箔，悔當時、刻意矜持。賸離愁銷骨，哀吟費淚，難遣君知。

鷓鴣天

回首春風迹已陳，花前短夢换長顰。珠成寧惜鮫傾淚，香滅方憐麝化塵。　愁一刻，待千春。相思别久恨如新。沈沈月落參横夜，誰念西樓不寐人？

水龍吟

九州纔靖胡塵，漢家旗幟翻風亂。中原北定，江南重到，但供腸斷。千古江山，萬家溝壑，十年心眼。换驚烽急鼓，夷歌野哭，登臨處，方多難。　大澤哀鴻流轉，更休悲、蓴鱸歸晚。王侯第宅，京華冠蓋，興亡誰管？海市迷金，瓊筵舞翠，狂歡無限。問虞淵短景，昆池浩劫，倩何人挽？

丁香結

羅帶分香，玉璫緘恨，難盡别來心緒。甚大江流處，淚萬點、不换迴波魚素？舊情應未改，相思意、路遠易阻。寒梅羞寄，更倩過雁，殷勤傳語。　淒楚。又一字無題，枉數歸鴻幾度。早露凝霜，旋風颸雪，歲華空暮。纔信春夢頓隔，怨抑憑誰訴？憐成癡積念，分付零箋斷句。

生查子

儂比玉壺冰，君作金爐火。堅待水翻瀾，换取芳心可。　空憐隱語留，誰料歡情左。爐賸宿灰寒，水迸啼珠破。

雨霖鈴

清秋離席，紉芳蘭珮，此意何極。關山轉眼迢遞，誰料得、渾無消息。不恨當時密緒，向流水輕擲。恨此日、難忖君心，夢雨疑雲楚天窄。　緘情枉費書盈尺，甚低徊、欲展雙飛翼。還思一語重問，從別後、可曾相憶？便道都忘，應把蠶絲蠟淚收拾。算未信、纔轉車輪，掃盡歡塵迹。

霜葉飛

怨懷愁緒紛難理，驚心芳事非故。萬鴻千雁趁長風，争信音書誤。歎掠目、春痕過羽。淒迷殘夢無尋處。漫望極江波，逝水縱無情，尚有汐潮來去。　休記到死蠶絲，他生密誓，那時空費私語。玉爐紈扇不相知，寒暖何由訴？莫更説、重逢乍聚，吟箋羞寫相思句。漸領略悲秋意，鏡側花前，自傷遲暮。

薄倖

隔年離緒。算未寄、零箋寸楮。任漲落、春潮秋汐，休望空江魚素。便明朝、真有書來，還應祇是閒言語。記酒後分曹，人前障扇，慣當尋常相遇。　憶咫尺逢迎地，猶自怕珠簾鸚鵡。祇今天涯遠，相思無益，也知愁被多情誤。昔盟難據。賸重温暫理，歡娛夢裏都非故。幽懷漫數，腸斷從君信否？

浣溪沙

十載江南舊夢非，茫茫生死願多違。蕭條人事總堪悲。　不分還鄉成遠客，翻思寄旅得重歸。天涯回首一沾衣。

薄倖

撥殘爐篆。歎寂寞、年華又晚。甚永夕、空山風雨，哀樂尊前難遣。枉十年、流轉天涯，滄桑祇當尋常看。算鼓角關河，琴心兒女，一例聲吞腸斷。　更極目蒼茫裏，容易覺興亡無限。等閒花開落，歡緣如夢，醒時休怪春長短。此情誰管？任崢嶸歲月，銷磨幾許閒恩怨。斜陽蔓草，終古人間淚滿。

鷓鴣天

浩蕩收京萬騎回，中興好夢賸低徊。傷心忍作偕亡想，留命翻成後死哀。　新戰伐，舊樓臺。遼天歸鶴悔重來。金仙殘淚銅駝恨，相對斜陽話劫灰。

浣溪沙 六首

何處秋墳哭鬼雄？盡收關洛付新烽。凱歌淒咽鼓鼙中。　誰料枉經千劫後，翻憐及見九州同。夕陽還似靖康紅。

箋曰：此首謂方欣勝利，已起内戰，國家之前途可危而無望。陸游臨終《示兒》云：「死去原知萬事空，但悲不見九州同。」此云「翻憐及見九州同」，其悲苦蓋過於先賢矣。《宋史·天文志》：「靖康元年閏十一月庚申，日赤如火，無光。」蓋亡徵也。

電炬流輝望裏賒，升平同慶按紅牙。長衢冠帶走鈿車。一代廟堂新製作，六朝煙水舊豪華。干霄野哭動千家。

箋曰：一九四六年五月，國民黨政府自重慶遷回南京，時民生極困，而大肆慶祝，故上闋云爾。是年十二月，又通過所謂「中華民國憲法」，並於次年一月公布之，爲蔣政權之獨裁建立法律依據。隨此廟堂新製作之出籠，達官貴人則沈迷於六代豪華之中，人民之哭聲乃直上干雲霄矣。

謀國惟聞誅竊鉤，嵯峨第宅盡王侯。新聲玉樹幾時休？何止百年宗社感，真成萬世子孫憂。漸漸麥秀望神州。

箋曰：先師胡翔冬先生有詩云：「竊鉤者誅竊國侯，侯既竊國誅竊鉤。」蓋「王侯」即竊國者。讀此詞者所當知也。

眦裂空餘淚數行，填膺孤憤欲成狂。人間無用是文章。亂世死生何足道，漢家興廢總難忘。病帷驚起對殘釭。

哀樂無端枉費情，臨歧反轍涕縱橫。忍看頹日漸西傾。亂山催暝獨屏營。閱世幾人容白眼，傳經一樣誤蒼生。

四野玄陰怯倚闌，最新歌舞舊江山。獨醒同醉一般難。濁世更無輕命地，浮生猶有著書年。漫天冰雪閉重關。

燭影摇紅

丙戌除夕

重照山河，燭花依舊啼紅淚。浮雲一霎變陰晴，何況經年事。不憶尊鱸故里，憶天涯、寒梅舊蕊。撥殘爐焰，宛轉春灰，難温冰意。　多少淒涼，夢痕分付清尊洗。病懷消盡昔時狂，斟酒先愁醉。野哭夷歌四起，漸長宵、悲歡倦理。曉鷄休唱，知道明朝，人間何世？

洞仙歌

飛鴻沈響，漸高樓愁倚。望眼淒迷濺紅淚。甚分明，昨夜便作他生，渾未信，人世無情至此。　久拚從決絶，刻骨相思，强遣輕忘總非易。腸斷不堪迴，如夢疑醒，憐病枕、銷凝能幾？縱一樣梅邊舊東風，早冷透花前，去年心意。

玉樓春二首

今生不作重逢計，更絕他生飄渺事。相思未遣已先回，絮語難忘偏易記。纏綿至此真何味，一霎幽歡殘夢裏。無情人世有情癡，惟賸歌詞知此意。

玉梅花下相思地，縱使重逢情漫費。沈吟猶惜故時歡，決絕終成今日意。幾多煙柳迴腸事，忍爲傷春長濺淚。詞箋收拾舊鉛華，別有悲歌弦上起。

浣溪沙

向晚東風拂面温，天涯舊月映眉顰。誰家玉笛怨黄昏？ 似酒濃春都化淚，如花墜夢旋成塵。梅邊空憶去年人。

蝶戀花

草色羅裙君不記。燕子來時，那解傳芳字。珍重題紅羞遠寄，夢痕漫皺春池水。 淚眼愁腸無處避。粉亂香融，春溢東風裏。萬縷楊絲吹又起，如何斷得相思意。

聲聲慢

行雲無定，歸雁空迴，君心已隔蓬山。漫道當時，天涯輕別曾拚。浮生自殊哀樂，想梅邊、同夢應難。渾未慣，向華燈珠箔，沈醉歌筵。　極目人間何世？賸傷高餘淚，託命殘編。一味矜嚴，尊前怕損清歡。長留此情追憶，又争知、依舊盟寒。惜往日，悔相疏、朱户畫闌。

蝶戀花

忘卻當時花下意。從此相思，不作相逢計。縱使相逢歌酒地，重簾曲檻成迴避。　便向芳筵同一醉。但道今朝，難得晴天氣。斷盡柔腸彈盡淚，舊歡他日羞重理。

清平樂

晴簷乍曉，歷亂啼山鳥。睡足明窗初日照，試把粉奩開了。　頻年螺黛拋殘，畫眉偶學遥山。一笑春風病起，鏡中依舊朱顔。

鷓鴣天

極目江南日已斜，萋萋芳草接天涯。隋堤縱發新栽柳，桃觀仍開舊種花。　鵑有淚，燕無家。東風今日更寒些。可憐春事闌珊處，猶看羣蜂鬧晚衙。

箋曰：上闋，「極目」二句，喻蔣記政權已走到盡頭。「隋堤」二句，喻所言所行，换湯不换藥也。下闋，「鵑有淚」三句，謂人民生活愈來愈苦。「可憐」二句，喻覆亡無日，而羣小猶互相傾軋不休也。大抵作者東歸後所爲美人香草之詞皆寄託其對國族人民命運之關注，嘗謂張皋文求之於温飛卿者，温或未然，我則庶幾。今發其凡於此，讀者審之。

謁金門 二首

丁亥六月一日，珞珈山紀事

山月黑，枝上杜鵑低泣。殘夜敲門傳喚急，暗塵愁去客。　馳道雷車轉疾，欲挽猋輪無力。填海冤禽無片石，血花空化碧。

春早歇，一夕空枝吹折。破壁迴風燈乍滅，沈沈昏夜闊。　已是蓮心苦徹，何況藕絲甘絕。如此人間無可説，淚花紅似血！

箋曰：此二詞，爲「六一慘案」作。一九四七年六月一日凌晨三時，國民黨政府軍事委員會委員長武漢行轅及武漢警備司令部糾集軍警特務數千人，包圍武漢大學，用國際禁用之達姆彈，槍殺歷史系學生黃鳴崗、土木工程系學生王志德、政治系臺灣籍學生陳如豐三人，重傷三人，輕傷十六人，所謂「血花空化碧」也。逮捕外文系教授繆朗山、朱君允，哲學系教授金克木，歷史系教授梁園東，經濟系副教授陳家芷，機械工程系教授劉穎及其他員工共二十人。所謂「暗塵愁去客」也。至此，蔣政權之凶殘面目，乃更大白於天下。當時哀挽死難學生諸聯，頗極沈痛悲憤。如武漢大學全體學生云：「那邊高談人權，這邊捕殺青年，好一部新憲法，嚇詐欺敲，殺殺殺，自由哄人，民主哄鬼；祇准大打内戰，不准呼籲和平，看三位親兄弟，犧牲慘痛，慘慘慘，萬方同哭，薄海同悲。」繆朗山云：「黑夜正濃，閒話和平皆有罪；黎明未啓，驀然覺醒竟捐生。」此等皆爲實録真情，足以發揚士氣，鼓舞鬥志。自經此現實教訓，知識分子思想變化之進程遂以加速，作者亦不外也。

鷓鴣天四首

驚見戈矛逼講筵，青山碧血夜如年。何須文字方成獄，始信頭顱不直錢。　愁偶語，泣殘編。難從故紙覓桃源。無端留命供刀俎，真悔懵騰盼凱旋。

箋曰：此首仍寫對「六一慘案」之悲憤。解放後緝拿有關此案之特務，一九五〇年十二月，將郝釗、姜旭二犯逮捕歸案，次年初正法，而當時武漢行轅及警備司令部之主要負責人則網漏吞舟，令人遺憾。

歷歷新烽照劫灰，東歸愁認舊樓臺。劇憐萬姓成孤注，悵望千秋賦七哀。　朝市換，估船來。横江鐵鎖爲誰開？百年難待悲辛有，何處青山骨可埋？

箋曰：江鎖開而估船來，謂一九四六年《中美友好通商航海條約》之簽訂也。此約雖若平等，而實際上我國人民權益損失至大，故末二句有辛有「不及百年此其戎乎」之感。辛有事見《左傳・僖公二十二年》。

滿目丘虚百戰場，更憂胡馬待窺江。當年深恐真亡國，此日翻羞説受降。　盟反覆，血玄黄。乾坤一擲獨夫狂。中原逐鹿英雄事，成敗何心論寇王。

箋曰：日本敗降後，蘇聯因緣時勢，出兵東北，美國則登陸沿海。中國雖若勝利，而國步艱難，更甚於前，故人或譏爲戰時慘敗，戰後慘勝。此上闋所指。一九四五年九月九日，中國戰區之日軍投降書在南京簽字，至此我國對日戰争宣告結束，而國共兩黨之軍事衝突及政治談判均在繼續。十月十日，兩黨簽訂《雙十協定》，宣布堅決避免内戰，以和平、民主、團結爲基礎，建設獨立、自由、富强之中國。次年一月十日，又在重慶簽訂停戰協定，但實際上均未生效。七月中旬，國民黨撕毁停戰協定，全面内戰開始。此所謂「盟反覆，血玄黄」也。十月，兩黨和平談判再開於南京，中共中央發表時局聲明，歷述共産黨爲實現和平，曾先後對國民黨作出八次重大讓步，並聲明，此次仍願作最後最大之讓步，而國民黨仍斷然拒絶，至此，是非曲直始大白於天下。而蔣介石在人民心中亦由領袖而變爲乾坤一擲之獨夫矣。

關洛頻年不解兵，西川枉自喜收京。霸圖猶未分强弱，民命何由問死生。　新舊鬼，古今情。江流如淚也吞聲。屈醒阮醉都無益，坐對河山閲廢興。

箋曰：此傷内戰之終不可免也。由反對内戰轉而進行解放戰争，猶非祖棻當時所能解，故有英雄逐鹿、霸圖未分之歎。

減字木蘭花

平生何事，寂寞人間差一死。天地悠悠，獨立蒼茫涕泗流。　蓼蟲辛苦，風雨挑燈誰可語？塊壘難平，異代同悲阮步兵。

鷓鴣天

何止琴尊減舊情，炊粱翦韭事全更。潑茶永晝書難賭，數漏寒宵夢易驚。　綾作褓，乳盈瓶。熏籠殘燭到天明。無端低詠閒吟趣，換得兒啼四五聲。

箋曰：祖棻於一九四七年冬舉一女，名麗則，小字小婉，現在南京大學中文系工作。

浣溪沙

前歲寅恪丈赴英倫醫治眼疾無效，將歸國寫定元白詩箋證，付美延世妹讀之，賦詩云：「眼昏到此眼昏旋，辜負西來萬里緣。杜老花枝迷霧影，米家圖畫滿雲煙。餘生所欠爲何物？後世相知有別傳。歸寫香山新樂府，女嬰學誦待他年。」伏讀增感，亦成小詞，戊子三月。

哀樂人間奈此情，聊憑蠹管寫新聲。何年洛誦待嬌嬰①。　未定相知期後世，已教結習誤今生。

有涯難遺況時名！

箋曰：陳寅恪，江西修水人，曾任清華大學、中山大學等校教授，已故。美延，其第三女，現在中山大學化學系任教。

鷓鴣天 八首

青雀西飛第幾回，不同心處枉勞媒。障羞無復遮紈扇，占夢何曾到錦鞋。 春酒暖，綺筵開。藏鈎射覆總難猜。年年牛女空相望，終負星槎海上來。

箋曰：《鷓鴣天》八首皆詠抗日戰爭勝利以後解放以前時局。此第一首，歎國共和談久而無成也。自一九四五年十二月美國總統杜魯門派馬歇爾元帥來華調處內戰，一九四六年二月國共雙方及美國在北平成立軍事調處執行部，迄八月馬歇爾及美國駐華大使司徒雷登發表聯合聲明，宣布調處失敗；一九四七年一月，美國國務院宣布停止國共調處，退出調處執行部，爲時一年有餘。雖多次達成協議，旋即撕毀，形成停停打打、打打停停之局面，終於爆發全面內戰。「青雀」，神話中西王母之使者，喻美國政府代表馬歇爾。馬歇爾當時曾七上廬山謁蔣，故曰「西飛第幾回」。「障羞」二句，古代婦女每以扇障面，用藏羞容，而鞋諧同音，故以夢鞋爲吉兆。無須紈扇，不夢錦鞋，則斷然決裂，不欲和好矣。以謂蔣介石有心黷武無意言和也。下闋「春酒」三句喻雖多方接觸，會議頻仍，而商談內情，終難瞭解。「年年」二句則喻國共雙方有如牛郎織女，但能隔天河相望，而馬歇爾則如偶然乘槎以窮河源之張騫，不能效烏鵲之架橋，未免負其調處之初衷也。

妙舞初傳向畫堂，香車又見賽明妝。高樓佳會傷離恨，別館新愁誤報章。闌鬥鴨，帨鳴尨。近來踪迹太疏狂。春衣藍似江南水，故損朱顏賺阮郎。

箋曰：此第二首，詠一九四六年初國共之鬥争也。是年一月，雙方簽訂停戰協定。十日，中國政治協商會議在重慶開幕。二月，會議通過政府改組、「國民大會」、《和平建國綱領》、「憲法」草案及軍事問題等五項決議後閉幕，同時在北平成立由國、共、美三方代表參加之軍事調處執行部。十日，重慶羣衆在校場口舉行慶祝政協會議成功大會，被國民黨特務打傷多人，新在北平成立之軍事調處執行部亦被特務搗毀。而國民黨亦發動反共游行於重慶及大後方各大城市。上闋首句謂民主力量獲得展開，「香車」句謂反民主力量立即作出反應，各有集會游行之事也。「高樓」句謂校場口集會時羣衆有被特務毆打驅趕者。「別館」句謂其他城市亦有類似事件，而信息不真，使人煩憂也。下闋著重寫特務之横行。「闌」，鴨柵。古人有鬥鴨之戲，《詩經·野有死麕》云：「無感我帨兮，無使尨也吠。」「鬥鴨」、「鳴尨」，喻特務肆意騷擾。「春衣」句點明藍衣社軍統特務分子，在校場口事件中，特務欲嫁禍羣衆，嘗自造輕傷以欺騙中外新聞界，故末句云然。

芳會金錢約日來，香箋遞處雀屏開。舊盟枉費三生誓，新製空誇八斗才。金作屋，錦成堆。故應著意向妝臺。佳人苦自描眉樣，捧得瑤函上玉階。

箋曰：此第三首，詠一九四六年國民黨政府召開「國民大會」通過「憲法」事也。是年十一月，蔣介石召開「國民大會」，中共及民主同盟拒絕參加，而青年黨及民社黨則甘與同流合污。十二月，會中通過所謂「中華民國憲法」，並於翌年一月公布之。上闋首二句及下闋首三句皆謂當日參加此會之「國大」代表，乃或爭權勢，或求財賄之徒，而國民黨則投其所好，終得達成彼此各得其所之交易也。唐玄宗宴王公百寮，曾於承天門下撒金錢，許五品以上官員爭拾，故杜甫《曲江對雨》詩有「何時詔此金錢會」之句。「金屋錦堆」，亦喻高官厚禄。「香箋」，謂代表證書也。魯迅嘗謂：孔雀開屏自炫，而後竅亦隨之而見。其語甚謔，此暗用之。「妝臺」，喻會場。「舊盟」句，謂國共和談徹底破裂。「新製」句，謂國民黨人迅速炮製「憲法」於會中通過也。「佳人」，謂胡適。「瑤函」，指「憲法」文本。此「憲法」通過後，由胡適代表全體「國大」代表獻與蔣介石，故末二句云然。一九二八年，胡適因批評國民黨，曾被國民黨中央訓練部函國民政府，請對之加以警告，國民黨上海市黨部甚至決議請中央拿辦之。乃曾幾何時，竟成爲祇有努力向前之過河卒子。卿本佳人，奈何作賊？詞於「描眉樣」之上加一「苦」字，意在斯乎？

移得垂楊檻外栽，鈿車竟日走輕雷。妝成對鏡青鸞舞，睡起開簾社燕來。歌宛轉，酒追陪。鴛帷各夢漏聲催。卻憐神女難爲雨，祇解行雲上楚臺。

箋曰：此第四首，蓋詠青年、民社兩黨與國民黨合作事也。一九四七年四月，蔣介石僞裝放棄一黨專政，改組政府。青年黨曾琦等及民社黨張君勱等出任行政院次要職位，然於國計民生蓋無絲毫補益，故作者譏之。上闋首句謂兩黨雖參政，然自國民黨觀之，仍是外人。猶爲檻外垂楊，終非室中嘉卉。次句謂青年、民社兩黨新貴之奔競。「青鸞」，青年黨；「社燕」，民社黨。此以嵌字示所指目，乃詩詞中常用之修辭法。三、四二句，互文見義，皆兼兩黨言之。「妝成對鏡」，喻兩黨之初次參政，不免如妖姬自售，搔首弄姿。「睡起開簾」，喻兩黨與國民黨秘密交易，羣衆如在睡夢之中，後來黑幕揭開，始知「鸞舞」、「燕來」，已成定局也。下闋謂三黨雖云合作，無非各圖私利，貌合神離。猶如邂逅相遇之男女，雖歌酒流連，而同牀異夢，殆不能如楚王所夢巫山神女之朝爲行雲，暮爲行雨，但雲行而雨不施也。

夕照縈情怯倚樓，相思何計付書郵。十年辛苦終成夢，兩字平安卻惹愁。　鸚鵡粒，鷫鸘裘。傳呼女伴作清游。蛾眉還怕能招妬，閉入長門不自由。

箋曰：此第五首，寫國民黨特務對學生之迫害也。抗日戰爭勝利後，蔣介石之法西斯統治日益加强，而人民羣衆之反抗亦日趨普遍激烈。一九四七年五月，全國各地學生發動「反饑餓、反內戰、反迫害」運動。蔣則倒行逆施，變本加厲，大肆搜捕。於是國人偕亡之感更深矣。上闋首句謂國事可慮，志士瞻望，憂深思遠也。次句謂法網甚密，監視甚嚴，通信不易，組織爲難也。三、四句謂抗戰八年，勝利又已二年，十年辛苦，不僅國家强盛無望，且人身安全亦無保障，豈不可哀乎？下闋直寫大學生游行之事。上三句謂少食缺衣，所以游行。下二句深憂諸生因游行示威而被捕也。杜甫《秋興》詩：「香稻啄餘鸚鵡粒。」此云「鸚鵡粒」，謂少食。《西京雜記》載司馬相如與卓文君還成都，以所著鷫鸘裘向市人貰酒。此云「鷫鸘裘」，喻無衣。「長門」，漢冷宮，以譬牢獄。

鳳紙題名易斷腸，茫茫消息隔紅牆。風侵錦帳春無夢，寒透并刀夜有霜。　休歎息，怕思量。閒門寂寞度昏黃。敢將心事傳鸚鵡，衹許相逢道勝常。

箋曰：此第六首，專寫國民黨特務橫行不法之事。上闋首句「鳳紙題名」，謂特務開列黑名單，按單搜捕進步人士也。次句謂被捕人士被投入高牆大獄，如中美合作所渣滓洞、白公館等地。三、四兩句寫獄中生活艱辛，甚且慘遭殺害，故曰「春風無夢，并刀有霜」。下闋轉寫在此情況下，國統區已成爲無聲之中國。一般羣衆但能噤若寒蟬，如各茶館均於顯眼處大書「莫談國事」之標語，以免發生意外。即使閉門家中坐，亦恐禍從天上來也。唐朱慶餘《宮中詞》有云：「含情欲説宮中事，鸚鵡前頭不敢言。」蓋鸚鵡能學舌，恐其洩密。「勝常」，唐代婦女日常相見問好之辭，猶今云「您好」也。讀此詞第五、六首，宜取楊益言、羅廣斌所著長篇小説《紅岩》並觀，乃可洞悉其意蘊。

幽恨新來漸不支，紅妝日日減胭脂。花前已厭蜂衙鬧，海上還傳蜃市奇。　珠論斛，桂成枝。天寒翠袖苦禁持。怕看明日春潮漲，化淚流愁又一時。

箋曰：此第七首，歎物價騰踴，民不聊生也。抗日戰争勝利之後，官僚資本家把持市場，肆意掠奪，而市井奸商亦復趁機侵漁，遂使物價猛漲，通貨膨脹。一九四七年四月，物價已較「七七事變」前上漲六萬倍，法幣之發行在「七七事變」前爲十四億圓，而此時則增至十六萬億圓。一九四八年春，物價又較前一年猛漲二百倍，蔣政權之經濟崩潰已一發不可收拾矣。上闋首二句以女子減妝，喻生活物資之匱乏，與下闋首三句同意。杜甫《佳人》詩寫一貧困棄婦，有「天寒翠袖薄」之句，此借用之。「蜂衙鬧」，謂官場之奔競仍舊，「蜃市奇」，謂市場之變幻莫測也。末二句歎物價之漲，不可遏止，真不知伊於胡底矣。

久病長愁晼晚春，蓬山争信絶音塵。眉顰難效慚西子，國色相窺惱宋鄰。　捐玉珮，送金尊。情深一往憶王孫。東風已失韶光半，覿面紅樓最斷魂。

箋曰：此第八首，詠蔣政權與美蘇二超級大國之關係，而明示其前途之無望也。上闋寫一身患沈痾而又爲人遺棄之女子，所歡已久斷音信，雖或欲如西施之捧心而顰，或欲如東鄰之登牆相窺，以冀重蒙恩寵，殆不可得。蓋喻國民黨在美國退出軍事調處以後不復公開給予支持之惶恐也。下闋首三句指效忠國民黨至死不去之徒如戴季陶、陳布雷等輩，然其時全國大部分地區皆已解放，美國既不復援助國民黨，而蘇聯則支持共産黨，勝敗之局已定，雖情深一往，而回天豈有術乎？「捐玉珮，送金尊」，喻國民黨政府權力日益喪失，行將顛覆也。南唐爲周所逼，盡失淮南之地，而後主李煜猶荒宴如故，潘佑因作詞以諷云：「桃李不須誇爛熳，已失了東風一半。」末二句「東風」云云，即用其事。「紅樓」謂中共及蘇聯。

水龍吟

丁亥之冬，余在武昌分娩，庸醫陳某誤診爲難産，勸令剖腹取胎；乃奏刀之際，復遺手術巾一方於余腹中，遂致卧疾經年，迄今不愈。淹纏歲月，黯闇河山，聊賦此篇，以申幽憤。己丑二月，記於滬濱。

十年留命兵間，畫樓卻作離魂地。冤凝碧血，瘢縈紅縷，經秋憔悴。歷劫刀圭，牽情襁褓，艱難一死。歎中興不見，藐孤誰託？知多少、淒涼意。　争信餘生至此，楚雲深、問天無計。傷時倦侣，啼饑嬌女，共揮酸淚。寄旅難歸，家鄉作客，悲辛人事。對茫茫來日，飄零藥裏，病何時起？

①「洛」，底本作「習」，據《涉江詞稿》油印本、《涉江詞》、《沈祖棻創作選集》改。

涉江詞稿跋

右詞五卷，都四百又八首，亡室沈氏之所作也。沈氏名祖棻，字子苾，别署紫曼，筆名絳燕，海鹽人，自上世徙居蘇州，因家焉。一九〇九年一月二十九日生於大石頭巷本宅。一九三四年畢業於南京中央大學中國文學系，一九三六年畢業於金陵大學國學特别研究班。一九三七年九月一日與余結褵於屯溪。一九四二年始以詩律教授，歷主金陵大學、華西大學、江蘇師範學院、南京師範學院、武漢大學講席，垂三十載，成就甚衆。一九七六年休致，翌年六月二十七日，覯逢車禍，逝世武昌，逾月，葬於石門峰公墓。所著書有《微波辭》、《涉江詞稿》、《涉江詩稿》、《宋詞賞析》、《唐人七絶詩淺釋》、《古詩今選》，凡六種。而短篇小説、新詩、散文、雜著之散見報刊未及收拾者，又百數十篇。此五卷皆四十前作，出自手定。厥後輟不復爲，故所存祇此。若其人之志潔行芳，情深才妙，披文可見，奚竢稱言？今第略志其生平云爾。一九七八年三月，閒堂。

涉江詞外集

目次

右四十九首，一九四二年（壬午）至一九四五年（乙酉）在成都作。

涉江詞外集

海鹽沈祖棻子苾撰　閒堂老人程千帆箋

浪淘沙

斜月照疏林，庭院深深。春寒和病壓重衾。絳蠟銀屏愁正遠，人隔花陰。　難話此時心，題遍羅襟。去年惆悵到如今。昨夜星辰前夜夢，無限沈吟。

汪先生曰：清適。

南浦

春水

柳下碧潺湲，甚年年，長任韶華空逝。萍夢未曾圓，孤村外，終古斜陽無語。池塘乍皺，暖風不爲吹愁去。惆悵江南新漲綠，衹載落花飛絮。　空明點出螺鬟，問朝朝洗浄，青山幾許？舊恨小紅橋，驚鴻影，漫把閒情低訴。荒江寂寞，幾時重見魚龍舞？野渡蒼茫煙雨裏，難認小舟歸路。

汪先生曰：正自有新意雋語，獨惜未能一氣呵成耳。「荒江」二句，汪先生曰：此等題正難得沈重之句。

浣溪沙

如水新寒夜正賒，玉釵撥火試煎茶。燈描人影上窗紗。　珠箔月明更漏永，銀屏風起篆煙斜。安排清夢到梅花。

滿庭芳

燕

社日纔過，新煙初試，拂柳乍見雙雙。無多春色，領略杏花香。早是雕梁塵滿，空費盡、軟語商量。休回首，吴宫浩劫，往事斷人腸。　移巢何處穩？風簾不定，故壘都荒。歎舊時王謝，難覓畫堂。惆悵烏衣零落，更銷得、幾度斜陽！東風裏，呢喃不住，空自話興亡。

汪先生曰：寄慨甚深，用意須力避重複。

高陽臺

簾影摇波，屏山隔夢，孤衾閒數更籌。殘月空庭，斷腸人在南樓。相思應是無憑準，問何由、説與新愁？枉朝朝，獨立雕闌，幾度凝眸。　東風不解年時恨，縱心情如舊，漫溯前游。細字銀箋，幽懷欲語還休。鶯花過眼成陳迹，怕匆匆、春色難留。更誰知，天上人間，此意悠悠。

汪先生曰：妥適，微嫌單薄。

探春慢

湖上清明薄游

山色纔晴，波痕新漲，湖上游船無數。桃頰烘雲，柳眉照水，人與春光相妬。雙槳東風裏，待看遍、櫻桃千樹。不妨載酒聽歌，斜陽相送歸去。　猶記斷橋西塊。曾擊檝狂吟，不知春暮。似水流年，如煙舊夢，零落當時勝侶。一晌繁華歇，倩誰喚、燕留鶯住。過了清明，又是飛花飛絮。

蝶戀花

十二紅樓迷碧樹。芳草萋萋，門外天涯路。一夜東風吹柳絮，江南寂寞韶華暮。　落盡櫻桃愁幾許？繡幕遮燈，隔夢聽春雨。宿酒醒時聞杜宇，畫屏題遍相思句。

踏莎行

夢短情長，愁深杯小。紅窗睡起聞啼鳥。幾番風雨過清明，落花飛絮知多少？　處處斜陽，年年芳草。高樓極目長安道。一分春色一分愁，緑楊枝外鶯聲老。

汪先生曰：從穠摯處著力，必能更進一層。

望海潮

緑陰

殘英難綴，新條怒茁，匆匆暗换芳菲。渭北别情，江南舊樹，此愁更有誰知？濃碧遍天涯。早長安春老，漫比花時。莫惜金衣，不堪重認昔年枝。　繁華轉眼如斯。賸亂柯交錯，暗影迷離。人静晝長，深深蔭户，誰憐隔斷晴暉？望處景全非。悵青山已失，極目生悲。還怕秋聲，一天風雨助淒其。

高陽臺

深樹蟬鳴，迴廊人寂，清陰滿地横斜。獨卧羅帷，不堪愁病初加。銀箋怕寫相思字，奈夢魂、還繞天涯。最難銷，纔到黄昏，又聽悲笳。　藥爐煙静愁清晝，記年時逸興，雪藕沈瓜。醉裏吟情，而今知在誰家？塵封錦瑟朱弦冷，更何人、細數年華？縱絲絲，楊柳依然，不見飛花。

瑞鶴仙

蕭條寒食節。又草綠江南，愁聽鵜鴂。前游怕重説。記梅花結社，吟情飈發。茶香酒熱。對樓外、青山一髮。看新詞、題遍銀屏，把盞笑邀明月。　離別。魂銷芳榼，淚灑春波，錦江歸檝。墮歡難拾。都零落舊詩篋。況京華吟侶，消磨豪氣，回首風流盡歇。更誰知、風雨簾櫳，有人怨絶。

齊天樂

波痕初漲江南岸，芳洲杏雲紅膩。蝶粉飄香，鶯梭織夢，駘蕩光風搖蕙。樓高漫倚。縱折盡垂楊，此情誰寄？怕檢春衫，繡襟猶涴舊時淚。　京華自憐倦旅，且登臨莫問，今夕何世？暖陌飛花，春簾卷雨，重見歸來燕子。閒愁喚起。甚落到寒梅，未成歸計。極目關山，夕陽千萬里。

卜算子

楊柳水邊樓，芳草天涯路。開到薔薇又暮春，簾外飛紅雨。　歸也未能歸，住也如何住。燒盡金爐卐字香，一晌沈吟處。

念奴嬌

甲戌中秋之夕，扶醉歸來，南樓闃無一人。凭高對月，淒然動羈旅之感

幾番風露，奈匆匆又到，中秋時節。繡閣華筵留客住，醉倒尊前休怯。珠箔飄燈，銀屏隔夢，歸後愁翻切。樓中人去，一庭空鎖明月。　誰更爲慰飄零？韶華偷逝，流水長嗚咽。生怕清輝偏照恨，多謝層雲明滅。還恐朝來，相逢一笑，此意應難説。晚妝青鏡，自羞清淚盈睫。

探春慢

老桂香殘，碧梧葉墜，長安又值秋暮。破壁寒蛩，遼天斷雁，誰識旅懷淒楚？寂寂深庭宇，更聽過、幾番風雨。已拚萍梗飄流，況是天涯難住。　漫問清愁幾許？縱重拂吟箋，幽恨慵訴。殘雪關山，斜陽城郭，怕説前程何處。楓落吴江冷，還羞自、買舟歸去。爲賦消憂，尚有京華舊侶。

憶舊游

記梅花結社，紅葉題詞，商略清游。蔓草臺城路，趁晨曦踏露，曲徑尋幽。繞堤萬絲楊柳，幾度繫扁舟。更載酒湖山，傷高念遠，共倚危樓。　回頭。昔經地，歎夢痕難覓，殘照空留。別後吟情減，縱詩囊還在，祇貯離憂。卻憐野橋流水，還有舊沙鷗。漫極目秋空，寒煙散碧都化愁。

汪先生曰：音節未能盡美，恐四聲有宜酌處。

雨霖鈴

甲戌重九，用柳韻

寒螿聲切。正西風晚，老桂香歇。誰家菊酒新釀？開宴處、詩情飈發。獨客孤吟未了，和清淚低噎。漫極目、殘照寒空，一片荒煙暮愁闊。　　湘雲蜀水傷離別。記當年、共醉重陽節。臺城幾換秋草，空賸得、舊時明月。懶去題糕，還任詞箋賦筆虛設。算此日、多少相思，怕倩飛鴻説。

國香

水仙，用山谷本事

玉潤香温。記清泉白石，曾託靈根。還憐卷簾初見，素影留痕。一自凌波去後，有紅葉、難寄殷勤。重來漢皋日，翠帶驚風，羅襪生塵。　　國香天不管，歎冰弦寫怨，愁滿湘雲。曲終人遠，誰更爲賦招魂？恨不相逢解珮，算那回、孤負芳春。檀心漫低訴，歲晚江空，月冷黄昏。

鷓鴣天

砧杵聲中翠袖單，相思幾度倚闌干。蛩吟莎井人初静，雁唳霜天月未圓。　　燈焰盡，酒尊殘。舊愁和夢到吟邊。熏爐乍歇重衾冷，誰念南樓此夜寒？

齊天樂

乙亥重九，登鷄鳴寺，步霜厓師韻

舊游重到臺城路，松間共誰閒坐？屐印都迷，酒香猶滯，書劍依然江左。雲房漫鎖。任一夕天風，夢痕吹破。自插茱萸，近來吟興醉時可。長安三載倦旅，歎登臨多難，無奈重過。故闕殘灰，寒沙古月，寥落江天漁火。疏狂笑我。怕明日芸窗，又添清課。刻燭催詩，衹愁吟未妥。

箋曰：吴梅，字瞿安，號霜厓，長洲人，中央大學中文系教授，已故。

三姝媚

菊影

重陽初過了。正東籬黄昏，月明風悄。暗寫秋心，怕一枝難寄，采香人老。未解爲容，應不入、淵明詩稿。幾度徘徊，三徑荒涼，夢痕都杳①。蓬壁孤燈低照。料問影酬形，此時懷抱。欲弄芳菲，奈一庭霜露，亂愁誰掃？待賦離魂，還自恐、知音今少。漫道歸來環珮，圖中更好。

汪先生曰：淒咽。

高陽臺

簟影生涼，燈花結夢，半簾霜月初殘。撥盡寒灰，愁心已化輕煙。斷鴻應有相思字，問天風、吹落誰邊？枉朝朝，極目行雲，倚遍闌干。　青鸞不拂胭脂冷，漸魂銷别後，興減尊前。待譜離情，秋聲卻滿冰弦。重來縱記臨歧約，怕相逢、不似當年。便飄零，賦筆詞箋，莫寫纏綿。

長亭怨慢

登清涼山

向幽徑、牽蘿尋路。獨對高寒，白雲如絮。送盡江流，夕陽千古更無語。畫樓猶在，空極目，人何處？四谷響秋聲，任落葉、飄零如許。　凝佇。望盈盈一水，道是莫愁曾住。横波轉盼，恰稱得、遠山眉嫵。更莫説幾换山川，況金粉、而今無主。把一片清愁，分付炊煙千縷。

鵲橋仙

七夕，用少游韻

錦雲織夢，銀河瀉淚，盼斷佳期一度。天風拂袂曉星沉，訴不盡相思無數。　仙橋易斷，帝閽難叩，極目煙波去路。幾時歷劫到人間，换得個朝朝暮暮？

「幾時」二句，汪先生曰：天上轉羨人間，更深一層説法。

聲聲慢

丙子新秋，由蘇之京，邂逅天白，共就友人所止校舍宿。時方暑假，池館荒寂，翦燭淒然，因賦此闋

空簾落月，破壁寒蛩，羈懷久慣淒清。短燭長宵，相對漫話平生。關河未愁雨雪，奈天涯、無處飄零。書正遠，向故人休説，昔日游情。　十載江湖摇落，歎堤邊柳色，依舊青青。一樹梧桐，夜夜自做秋聲。凭高欲吟楚賦，怕潛來、山鬼偷聽。夢未穩，又蕭蕭、門外馬鳴。

清平樂二首

紅箋細字，難盡平生意。欲把此情和淚寄，愁隔千山萬水。　年年漸慣分離，篝燈猶是相思。幾夜高樓風雨，畫闌凭損羅衣。

春庭夜月，愁照丁香結。芳草繁華容易歇，消得幾回輕別。　紅樓舊約無憑，羅帷低掩香燈。無奈更殘夢醒，淚花落枕成冰。

采桑子

千帆客中寄示小詞，戲答

風懷絶代銷魂句，後約前期。舊好新知，刻意清狂教釀詩。　桃根桃葉牽情處，盡許相思。待到歸時，親檢吟囊索近詞。

汪先生曰：此首稍弱。

三姝媚

十一月二十九日，感夢而作

翠帷銀燭灺。漸曉夢依稀，曲闌芳榭。晚鏡新妝，正斷紅雙臉，黛眉初畫。淺笑輕顰，依舊是、雲英未嫁。鬢霧衣雲，繡舄飄香，珠燈高挂。　門外緑楊嘶馬。甚側帽相逢，酒闌低話。説到相思，但背人佯理，越羅裙衩。乍醒還驚，憐舊日、風情凋謝。被冷香銷，付與吟箋暗寫。

金縷曲

己卯秋，扶病西遷雅州，得《浣溪沙》十闋，分呈寄庵師及素秋。師既損書遠問，秋嗣箋來，復舉梁汾「我亦飄零久」之語，用相慰藉。秋固涙書，余亦泣

誦。蓋萬人如海，誠鮮能共哀樂如秋與余者也。因次顧詞原韻賦答

病骨支離久。賸招魂、天涯尚有，幾人師友？藥盞飄零烽火外，更許苦吟消瘦。不及問、年來僝僽。破碎山河生死別，但關心、千里平安否。家國恨，忍重剖。　塵揚東海當丁丑。歎長安、露盤承淚，暮鴉啼柳。一縷心魂經百劫，還仗新詞護守。恐負汝、金尊相壽。譜就商聲腸易斷，況空名、未必傳身後。多少事，休回首。

金縷曲

余病八閱月矣。印唐始約養疴白沙，素秋復邀就醫渝州，皆不果行，而兩君者頃亦多疾苦。余既譜《金縷曲》以寄素秋，言之不足，因再用此調分寄。詞成自歌，不知涕之無從也

寂寞人間世。論交游、死生患難，如君能幾？辛苦分金憐管叔，知我平生鮑子。更莫説、文章信美。不見相如親賣酒，算從來、詞賦工何味？心血盡，幾人會？　重逢待訴淒涼意。且休教、等閒飄盡，天涯涕淚。用素秋書中語。我亦萬金輕擲者，今日難謀斗米。空料理、年年歸計。一樣關山多病日，未能忘、尚有中原事。堪共語，兄和姊。

點絳唇

舊日秦淮，城南燈火笙歌路。酒邊詞賦，愛道飄零苦。　別後關山，處處驚笳鼓。聽風雨，暗塵弦柱，渾覺愁慵譜。

河瀆神

嫩約誤王昌，依然銀漢紅牆。遥憐舊夢小迴廊，今夜新歡未央。　一樣殘英如雪亂，蝶蜂空過鄰院。美人弄妝來晚，緑窗春去誰管？

浣溪沙三首

浴罷全開四面窗，不知何處晚風涼。欲移冰簟費商量。　一雨難消秋後熱，數枝新放夜來香。吹燈待月上迴廊。

緗帙拋殘倦未收，脂塵粉蠹懶梳頭。閒愁欲説不如休。　簾裏簟紋慵織夢，風前團扇漸知秋。輕雲乍斂月如鈎。

寂寞閒階長碧莎，午窗喧鳥雨初過。枕邊猶夢舊山河。　罷按箏弦恩怨細，回看棋局縱横多。西風人世奈愁何？

鵲踏枝四首

余和弘度丈此調，意有未盡，續成四章，所謂言之不足也

隔院垂楊分暗碧。護夢重簾，不敵東風急。一夜青蕪生故國，萬花濺淚春歸日。寶馬驕嘶過紫陌。海燕來遲，卻帶愁消息。芳景無多應共惜，問君何事輕拋擲？

零落殘英春去久。細草清陰，商略銷長晝。筵畔郎當迴舞袖，昨宵夢裏曾攜手。聞道關河人漸瘦。頻弄鸞釵，怕卜平安否。消受蓮塘雷雨驟，佳期珍重三秋後。

過盡行雲無雁字。乍見青驄，卻向倡家繫。北斗迴環長夜裏，紅牆依舊相思地。浪蕊浮花情苦費。近日歌筵，見說成迴避。一夕秋風連角起，樓頭陌上同憔悴。

醉擁貂裘眠繡閣。不卷重簾，爭信新寒惡。映雪凭霜羅袖薄，相思人在闌干角。手弄連環心似昨。縱誤花時，未斷來春約。萬息千消容易錯，深盟忍便渾拋卻。

如夢令

四卷雲羅天净，河轉星光不定。坐久月痕低，露濕牆陰苔冷。愁省，愁省。依約那時情景。

點絳唇

過了收燈，山城不見花飛處。嫩陰庭户，留得春閒住。　绿遍芳郊，懶趁新晴去。空憐取，小樓前度，紅杏江南雨。

卜算子

閣雨晚雲閒，補得青山空。淺草茸茸遠接天，绿遍庭階縫。　錦被懶熏香，幾日春寒重。生怕殘歡醒後愁，不做關情夢。

紅羅襖

草暗天涯路，花擁水邊樓。歎燕舊巢新，翻忘羈旅，春濃夢淡，難著閒愁。　自經亂，渾懶清游。看山偶上簾鈎。□□□□□。奈酒醒，客意冷於秋。

箋曰：往在蜀中，沈尹默先生嘗手書詞卷見賜，中有《紅羅襖·用清真韻》云：「遠楚消凝盡，猶自未成歸。歎水闊山長，征程千萬，尊前可有，風月相知？　奈此際，鴻杳音稀。西窗翦燭誰期？秋色暗江蘺。憶舊日，賸結夢中悲。」沈厚遒美，信佳作也。祖棻見之欽服，因亦作此闋。偶遺一句，其後亦未補全。今仍其舊，並附記於此。

鷓鴣天

隕石如星日月愁，年年江上血成流。新殤故鬼千家骨，昨海今田幾處樓。　馳羽檄，擁貔貅。衣冠萬國賦同仇。盡收關洛尋常事，立馬蓬山最上頭。

浣溪沙

贖舞殘歌尚未休，齊雲莫更起高樓。好留西北望神州。　南渡衣冠非故國，新亭涕淚誤清流。蜀山相向夕陽愁。

水龍吟

挽翔冬師

楚些空賦招魂，沈沈醉魄呼難起。傳經晚歲，長吟永夜，前塵忍記。巫峽愁雲，秦淮舊月，酒醒何世？對河山滿眼，斜陽欲暝，傷時淚、如鉛水。　西北高樓獨倚。望長安、浮雲輕蔽。移梅有恨，叩閽無路，未回天意。沈陸深憂，收京短夢，但留詩史。算傷心贖待，九州同日，倩兒孫祭。

箋曰：胡俊，字翔冬，安徽和州人，金陵大學中文系教授，一九四〇年十一月九日病逝成都。師入蜀後嘗賦《元日放晴》詩云：「天意居然一日回，故陰已改氣佳哉。開筵不用思芳草，出峽吾將移遠梅。」故詞中有「移梅有恨」、「未回天意」之語。

菩薩蠻

春草

春風不管行人遠，無情緑到江南岸。不見乳鶯飛，忍教胡馬肥。　大堤如髮直，莫更妨油壁。辛苦問歸期，王孫知未知？

浣溪沙二首

鳳泊鸞飄不自憐，輕寒薄暖鎮相關。流光如夢夢如煙。　能記悲歡猶有淚，難爲深淺更無言。何由腸斷似當年。

枕障熏爐夢已虚，燭花猶記舊情無？沈吟怕道不如初。　拚得有情還有淚，轉憐相怨勝相疏。故歡今意總難符。

南樓令

小膽怯空房，青燈照病牀。怪宵來、雨横風狂。未許離人成遠夢，千萬點，亂敲窗。　雲暗四山荒，愁多凛夜長。伴空庭、吠犬啼螿。今夕郵亭羅被薄，應念我，夜深凉。

鶯啼序

和夢窗

橫塘翠樓近水，聳雕簷鏤户。任花影、長壓簾櫳，繡轂芳游歸暮。鏡屏映、吴山浄碧，繁枝墜粉庭前樹。奈妝成猶滯春酲，夢迷風絮。　客裏秦淮，畫舸載酒，散衣香似霧。記停槳、斜日湖陰，幾回偷訴心素。裊長堤、垂楊乍結，漸縈得、相思千縷。向荷邊，羞指文鴛，笑邀閒鷺。　鶯烽照海，晚角吹寒，轉輪歎亂旅。莫問訊、六街灰燼，翠墮紅委，陣鷁橫飛，隕星如雨。遥天唳雁，荒原飛燐，昏燈摇焰孤村宿，正冥冥、水驛無舟渡。嚴城鼓絶淒涼，敗壁頹垣，怨血黯淡焦土。　兵戈巴江暗月，藎篋重搜，賸素衣舊苧。漫細檢、脂痕茸唾，遍染胡塵，忍對山河，更看歌舞。離魂重繞江南，故國青蕪，舊游認否？滿眼，層雲催暝，殘鵑啼老花濺淚，弄哀弦、愁入華年柱。

汪先生曰：首吴門，次金陵，三避亂，四入蜀後，四段層次井然。所欠者往復鈎勒之筆。「轉輪」句，汪先生曰：微嫌雙聲。「昏燈」二句，汪先生曰：有力量。「漫細檢」句，汪先生曰：與原句太相似，能避爲佳。

箋曰：夢窗此句云「暗點檢、離痕歡唾」，故先生云然也。

漁家傲

奩鏡慵開新病起。釃茶淡酒都無味。幾日鸞刀愁未試。幃倦倚，山居況遠漁樵市。　頹屋飄摇風雨裏。頻移短榻妨清睡。獨自沈吟無好計。書更寄，商量惟有歸來是。

太常引

四山如墨一燈青，孤樓長短更。客枕正淒清。聽永夜風聲雨聲。猩屏圍夢，朱簾護燭，空記舊時情。歸信渺難憑，漫極目煙波去程。

鷓鴣天

庭院清陰綠乍稠，客懷先覺冷於秋。深杯當藥妨新病，賸淚盈襟濕舊愁。燈黯黯，夢悠悠。連宵風雨繞高樓。羅衾自分無眠夜，何事哀弦未肯休？

汪先生曰：含蓄不盡。

菩薩蠻

黃昏幾陣瀟瀟雨，綠陰庭户清無暑。胡蝶不飛來，閒階生碧苔。畫樓春夢斷，極目行雲遠。過盡七香車，門前煙柳斜。

汪先生曰：花間遺響。

浣溪沙

飛絮濛濛點碧苔，相逢猶記舊樓臺。柳邊花外費低徊。芳訊幾回歸燕誤，驕嘶何日玉驄來？黃昏無緒一銜杯。

汪先生曰：在他人集中仍是佳詞，於作者則常語矣。

菩薩蠻

梧桐一葉飄金井，昨宵冰簟芙蓉冷。無處説新愁，重簾垂玉鈎。熏爐香久歇，顫影殘燈滅。風雨夜深時，相思君不知。

菩薩蠻四首

曲闌花影迴廊月，經年心事憑誰説？腸斷怕君知，殘燈凝恨時。晴窗秋意淺，依舊尋常見。迴盼怯相看，沈吟低翠鬟。

雁聲遥過南樓去，西風落葉愁無數。密意苦相瞞，新來羅帶寬。繁花容易謝，珍重秋燈夜。争忍不相思，相逢能幾時？

重重簾幕遮朱户，迴燈細語愁難訴。未恨見時稀，人間多別離。玉爐香易歇，心字灰難滅。深淺任君情，連宵魂夢縈。

緑窗依舊垂楊縷，窺窗無奈金鸚鵡。相見卻相疏，兩情應未殊。　烏啼殘月落，寒壓羅衾薄。不惜更迴腸，思君秋夜長。

臨江仙 八首

一夕西風羅袖薄，曈曈曉日晶窗。當時相見祇尋常。閒花深院宇，高柳小池塘。　不分年芳招燕子，閒情苦費商量。相思從此付迴腸。春庭明月夜，新夢舊迴廊。

晴日簾櫳花影碎，柳絲搖漾吟魂。爐香暖夢自温存。病餘愁縱酒，情在怕經春。　獨上高樓空極目，凭闌無奈思君。東風不解約行雲。輕雷車轂遠，深院又黄昏。

羅帳沈沈更漏永，絳綃低護銀燈。迴廊誰解話三生。春歸鵑有淚，夢醒蝶無情。　風雨江山搖落恨，十年已忍伶俜。鏡中翻惜鬢猶青。莫嫌鸞柱澀，長分譜商聲。

芳草淒迷春早歇，相思還共秋深。幾時杯酒話愁心。畫樓紅燭夜，水榭緑楊陰。　洞户重簾人乍寂，迴廊曾記相尋。海棠開後到如今。待忘花下語，掩淚更沈吟。

倚遍闌干人自遠，幾回芳約蹉跎。玉璫難寄奈情何。盒中紅豆子，簾外緑鸚哥。　不惜長愁供短夢，鮫綃賸淚無多。思君日日斂雙蛾。未知深淺意，何計託微波。

詞譜商量銷絳蠟，爐煙細颺茶香。幾回重見換流光。清宵堪共惜，久別易相忘。　醖釀深情成淺語，低徊怕理疏狂。閒愁自伴漏聲長。月明侵翠幕，不管夢痕涼。

誰道闌干才咫尺，青禽密語羞傳。春心一寸是蓬山。微雲難接夢，暮雨莫添寒。
相見尋常相別易，病愁何苦相關。小窗能得幾回看。疏簾移日影，珍重晚風前。

爇盡心香愁不滅，相思漸共灰寒。秋風也擬掩屏山。自横金屈戌，難解玉連環。
月冷霜濃殘醉醒，新詞莫費吟箋。花前萬一暫相憐。不辭腸更斷，忍淚理朱弦。

浣溪沙 十六首

日日凭闌有所思②，鈿車不駐夕陽移。西樓辛苦待芳期。瑣窗朱户月明知。
繡箔微燈勞想象，香衾曉夢任淒迷。

夢淺宵深易斷腸，銀燈寫影碧紋窗。枉將惆悵換清狂。
新月長留圓夜望，寒灰空憶爇時香。此情休恨祇尋常。

費盡熏爐一炷煙，簷前眉月自娟娟。漫裁白璧作連環。
解道朱樓他夜憶，争如紅燭此時看。相逢無語況魚箋。

自悔新詞譜舊箋，十年清淚溼朱弦。深悲難遣酒尊前。
蓮子有心終茹苦，柳條無恨不吹綿。天涯風雨莫相憐。

初月高樓聽晚鐘，玉驄空認往來蹤。鸞弦鳳紙意難通。
羅帶自將愁共結，寒宵不分夢還同。銀

釭何況此時逢。

海思雲愁兩未知，緑窗迴盼更矜持。無多清景惜芳時。如夢如煙還暫見，非花非霧最相思。星辰昨夜總堪疑。

誰念西樓此夜醒，霜簾殘燭伴淒清。細思前語總難憑。零夢如煙都化淚，柔情似水易成冰。繞弦風雨起秋聲。

寒日淒淒照影孤，柳陰花徑似當初。獨經行地費踟躕。夢裏歡情猶間阻，人前踪迹更生疏。緑窗肯信斷腸無。

楊柳陰陰隔鈿車，小簾私語總難符。月明真解憶人無？懶譜新詞情未許，縱成輕睡夢還虛。此時爭忍更相疏？

惆悵情多語轉難，諱愁辛苦展眉彎。相思容易隔溪山。心字暫留灰上印，花枝聊借鏡中看。晚風珍重莫摧殘。

已悔多情損少年，更因餘淚惜吟箋。新詞刻意爲誰妍？强別能拚難强忘，相疏未忍怕相憐。迴腸千轉付無言。

有限清才不盡情，彩箋何計譜新聲？天涯衹合賦飄零。悔共春蠶絲宛轉，輸它紅燭淚縱橫。迷離殘夢不如醒。

數盡更籌注盡香，書籤爭信遺流光。闌心花影隔疏窗。佳約有期情更怯，相思無分意難忘。夢痕深淺費商量。

紅萼凝寒未可簪，小爐殘酒怕重斟。華年弦柱易侵尋。清話暫教和漏永，相看何必更情深。羞拈羅帶結同心。

汪先生曰：「華年」句未妥。

空向長宵共月明，吹寒畫角隔霜清。枕邊幽夢太無憑。終恨離多嫌日少，自羞情重怕君輕。紅綿淚冷漸成冰。

賸有風懷句未删，舊歡新夢盡如煙。閒愁忍使到君邊。漫學春蠶成獨繭，聊同秋蠹守殘編。無情詞賦送華年。

蝶戀花 十二首

紅萼吹香江上樹。碧野朱橋，不記歸時路。故問吟箋前日語，爲誰暗寫相思句？心事經年憑細訴③。一樣深情，兩處閒愁苦。夜夜迴腸君信否？那時忍當尋常遇。

四角珠燈垂繡幕。急管繁弦，珍重良宵約。誰道芳情人未覺，風前乍換春衫薄。不恨相逢當日錯。祇恨南園，無主栽紅萼。何計憐君心緒惡，空將喜訊憑靈鵲。

晴日烘春風乍暖。幾度尋芳，小立薔薇院。欲訴相思猶未慣，沈吟先自羞迴盼。密緒如環終不斷。刻意憐君，拚取歡緣短。蓮子苦心飛絮亂，花前忍試情深淺。

一夜驚疑風更雨。蝶亂蜂狂，無計留春住。鳳紙偷傳腸斷語，人前惆悵情難訴。祇恐行雲從此去。柳徑重來，不分還相遇。散盡輕陰天未暮，新晴暖夢江干路。

休說昨宵多少恨。照影清波，猶有相憐分。無奈語低香漸近，含情故自回眸問。半晌羞紅生薄暈。卻怪新晴，著意烘雲鬢。今日花前歡未盡，明朝風雨無憑準。

幾度相逢楊柳院。密語難傳，鸚鵡簾前喚。萬苦千辛花下見，無端紅淚羅巾滿。生怕深恩成薄怨。乍欲相疏，未別先腸斷。回看畫梁雙語燕，春來憐取尋芳伴。

秋藕絲長蓮子苦。閒語閒言，爭忍拋人去。飄似浮萍輕似絮，天涯猶欲因君住。依舊月明穿繡户。嘶慣花驄，應憶前游路。知道相忘情未許，昨宵夢裏分明遇。

夢裏依然情繾綣。一晌相憐，更勝分明見。不信行雲從此遠，眼波鬢影無人管。山石能移蓬海淺。漫說深盟，容易成輕怨。拚得相忘渾未慣，小窗私語思量遍。

移盡清陰紅日晚。乍卷疏簾，重向迴廊見。卻道恩深爭忍怨，相思一夜腸千斷。小病連朝情緒懶。露飲名園，猶覺春宵短。自笑謝橋來往慣，夢魂長逐楊花亂。

猶恨銀屏多間阻。細數春來，費盡閒愁緒。陌上新枝花幾許，相思總繫垂楊樹。任駐香車寒食路。羞被人憐，諱作傷心語。拚得長離情自苦，相看紅淚如春雨。

日暮高樓休獨倚。愁比天寬，何處能迴避？江上晚風吹浪起，柔情忍付東流水。欲待相忘無好計。一樹榴花，紅似前宵淚。刻骨悲歡重細理，縱教有夢難成睡。

一夜輕寒還乍暖。似月雙心，漸覺清輝滿。庭院深深簾不卷，憑君惜取芳時短。　辛苦相憐歡有限。團扇新裁，未忍遮羞面。春夢秋雲容易散，天長地久情難斷。

蝶戀花

胡蝶無情鶯亂語。爲問人間，多少閒愁緒。長日玉爐香一炷，千辛萬苦憑誰訴？　吹盡繁枝春已暮。何事東風，不許楊花住？樹色陰陰遮繡户，凭闌望斷天涯路。

蝶戀花

望盡垂楊江上路。一霎難忘，不盡朝連暮。十載空題腸斷句，而今始識相思苦。　魂夢重門飛不度。淚眼風前，灑作連宵雨。忍問香車何日遇，花陰又恐歡非故。

菩薩蠻

緑鬟翻浪紅羅結，雙眉細畫纖纖月。晶盞試咖啡，霓虹燈影稀。　蠻箋芳字託，艷舞誇新約。昨夜客機回，口脂天上來。

箋曰：末句謂國民黨空軍利用飛機走私進口外國高級化妝品，以供享樂牟利也。

高陽臺

小苑花飛，長堤柳暗，東風幾日春深。有限芳時，樓臺無限輕陰。朱弦不惜相思苦，怕等閒、未會琴心。向燈前，欹枕熏爐，更費沈吟。　迢迢玉漏珠簾静，記新詞細譜，淺酒同斟。曲檻迴廊，殘宵曉夢重尋。今情故意終陳迹，況後期、難倩青禽。但安排，淚眼愁腸，萬感孤衾。

浣溪沙

對酒看花兩不勝，舊游亭榭怯經行。殘書小硯暗塵生。　新句吟成愁有託，神方檢遍病無名。閒眠長日掩帷屏。

踏莎行二首

丙申國慶，南京觀燈

星月交輝，霓虹呈彩。明珠錯落燈如海。傾城士女涌春潮，輕雷轉處飛車蓋。　盛世難逢，青春可再。廿年回首愁何在？良宵歡意溢秋空，不辭白髮花重戴。

淚鑄珠燈，血凝朱邸。金陵舊事猶能記。長街凍骨自縱横，豪門酒暖笙簫沸。　海宇騰歡，人間換世。漁樵處處歌聲起。燭花紅映臉邊霞，蠶娘笑試新羅綺。

浪淘沙

題長江大橋

橫渡大江中，愁水愁風。忽驚破浪奪神工。一道長虹飛兩岸，橋影臨空。　形勝古今同，三鎮當衝。莫憑往事弔遺踪。平卻向來天塹險，多少英雄。

鷓鴣天

丁巳春，爲人題桃花畫册

灼灼穠芳雨露稠，十分春色占枝頭。賺將阮肇迷仙境，卻累劉郎謫遠州。　梅自避，李難儔。菜花依舊遍田疇。殘紅亂落無人惜，一晌繁華逐水流。

箋曰：「桃花」，白骨精也。「菜花」，人民羣衆也。

①「痕」，底本作「魂」，據手定稿、《詞學》第八輯（一九九〇年）改。

②「日日」，底本作「日夜」，據手定稿改。

③「訴」，底本作「數」，據手定稿、《詞學》第九輯改。

涉江詞外集跋

己丑春，子苾手訂其詞集五卷，去取甚嚴，刊落者殆十之二。歿後，余據以付印，亦間有以時諱從删者。今兹重印，既悉依原稿補録，又别輯其未刊稿凡一百零三首爲《外集》一卷，公之於世，而以解放後所賦四首附焉。子苾如存，未必以爲然也。戊辰夏，閒堂識。

涉江詩稿

四卷

周退密署檢

目次

卷一

右九十四首，起甲寅（一九七四年）春，迄是年秋，在武昌作。

卷三

右一百一十六首，起乙卯（一九七五年）春，迄是年冬，在武昌作。

卷四

右一百一十首，起丙辰（一九七六年）春，迄丁巳（一九七七年）夏，在武昌、南京作。

涉江詩稿卷一

海鹽沈祖棻子苾撰　閒堂老人程千帆箋

瓊樓二首

瓊樓昨夜碧窗開，殘月和煙墮枕隈。背燭凝情更無語，一天涼露夢初回。

亂鴉庭樹夜啼煙，夢落明湖月滿船。忽憶涼颸殘照裏，萬花雙槳是當年。

箋曰：右二首南京作。祖棻抗日戰争前所爲詩盡佚，此偶憶得之。

題紅葉

江上楓林亂夕曛，相思渺渺隔秋雲。眼中紅淚有時盡，葉上題詩更寄君。

江上晚歸，對月有懷

數峰江上失殘暉，新月如弓送客歸。今夜長安風露裏，有人相對憶蛾眉。

十月七日風雨渡江

四山風雨客衣單，卻恐行人驛路寒。便道相思似江水，幾時流轉到長安？

江潮

計日歸期近，相思夜轉遥。江潮如有信，燒燭到明朝。

箋曰：以上四首，一九三七年秋作於屯溪。蓋余與祖棻結褵其地後，又嘗返南京取衣物。新婚乍別，故有此諸篇也。

和玉溪生《無題》，同千帆作四首

未卜他生別更難，燕飛花落到春殘。青天可補情還老，碧海能量淚不乾。纔過佳期星漢遠，竊來靈藥月輪寒。鳳箋細寫眠蠶字，留作相思日後看。

月地雲階記舊蹤，斑騅嘶斷晚來鐘。春簷酌酒花初落，繡幄圍燈雨乍濃。珠樹三年巢翡翠，金塘一夜泣芙蓉。錦衾角枕天涯遠，未必蓬山隔萬重。

暖透吴綿第幾重？畫羅鴛被爲君縫。秦樓嬌鳳羞相妬，洛浦驚鴻夢可通？桐樹慣棲憐浄碧，荷花到死守香紅。千年桑海尋常事，腸斷虛窗五夜風。

盡日靈風卷雨來，昨宵雙枕乍驚雷。千春小月留相待，一夕行雲去不回。舊夢自迷神女峽，新詩空費沈郎才。相看蠟炬同垂淚，聊可煎心莫化灰。

箋曰：一九三八年春，余承乏益陽龍洲師範學校講席，偶從學校圖書館假得《湘社集》與祖棻共讀之。《湘社集》者，晚清湘中名輩易順鼎、順豫，益陽王景峨、景崧，湘潭袁緒欽及先叔祖子大先生等肄業長沙校經堂時結社唱和之作，由先叔祖編次爲書者也。中有諸老和玉溪生無題之作，余見而愛之，既和數篇，因屬祖棻同作。既成，余自以所作不及若人，遂棄其稿。蓋學富雖遠遜趙德父，而才拙則略同之也。祖棻在益陽日，又有寄妹海上五言律四首，辭意皆工，如云：「此地楚臣死，隔江商女多。清湘沈古怨，玉樹愴新歌。」惜今亡其全矣。

答印唐見寄二首

巫雲湘竹兩縈思，夜雨巴山問後期。今日南泉衣帶水，不堪重唱别離詞。

萬里關河寄幕僚，南都新貴馬蹄驕。如何絳帳傳經日，更向天涯歎寂寥。

箋曰：一九三九年祖棻與印唐同教重慶界石場之邊疆學校，地近南温泉。已而印唐赴成都任教育廳秘書，故詩云云。

病榻

山城寒盡轉愁春，禪榻茶煙颺夢塵。縱使維摩耽小病，諸天未有散花人。

庚辰初夏，余卧疾成都，印唐、素秋舊約來會，而久待不至。迨余返嘉州，二君始來，悵然賦此分寄四首

期君不至久凝思，猶自臨行故發遲。我去君來太惆悵，錦城煙柳萬條垂。

羅衣長仗藥煙熏，天外歸鴻隔暮雲。差喜刀圭容不死，秋風春雨一相聞。

舊夢清游不可尋，一燈風雨十年心。當時相見愁難説，别後沈吟况至今。

酒痕舊雜淚痕新，京洛征衣更涴塵。猶有薄魂銷未盡，不辭辛苦作詞人。

題家藏漢鏡玉環拓本二首

翠黛終隨碧蘚涼，傾城傾國也尋常。妝成深淺從人看，鏡裏眉痕懶自商。

過眼紛紛幻怨恩，昭陽未必勝長門。玉環依舊歸人世，不見當年齧臂痕。

箋曰：潛江易丈忠籙字均室，號稆園，博雅好古，亦富收藏。一九四三年在成都時，嘗以漢照容鏡及玉環拓本二紙見賜。鏡銘云：「照容儀，身萬全。象衣服，好百年。宜佳人少女，歡樂已兮。」環銘云：「富貴昌，壽無疆，樂未央。」又款識云：「建平元年二月癸卯朔一日汾陰

侯造。」余裱爲横幅，俾祖菜題詩其上，當時諸友亦有賦詠。高石齋七絶三首，其一云：「想見瑶臺寶月團，美人蛾黛怨朝寒。也知辛苦施膏沐，不入時宜卻自看。」其二云：「相業羞從幻影尋，鬢毛未許暗霜侵。如何照膽秦宮裏，不見荆軻貫日心。」其三云：「重重樓閣掩重關，子夜烏啼慘玉顔。誰道侯門深似海，臂環零落向人間。」林山腴丈《鷓鴣天》二首，其一云：「百煉彄環往事空，又誇寶月濯青銅。昭陽柘館俱黄土，誰是雙來照影中？　殊彩鳳，謝盤龍。波紋稠疊意玲瓏。七三銘句空言好，無復佳人少女容。」原注：「象衣服之象，疑襐字省文。《漢書·孝平王皇后傳》：襐飾，將醫問疾。師古注：襐，盛飾也。此象衣服，即盛飾衣服。文意乃明。」其二云：「子弟汾陰問幾傳，續封纔記建平年。誰呼巧匠輸心樣，來與宫嬪試臂纏？　輕鎖骨，重連環。迴身磨戛韻鏗然。不知仙偶雙條脱，可近劉郎斷袖邊。」劉君惠《水龍吟》云：「漢宫佳麗三千，如花顔色如花命。小魚銜玉，圓冰化月，夢華能認。鬢角春風，紗痕雲碧，調妝人近。想昭陽殿裏，梳成獨坐，卷羅袖、爐香潤。　髣髴銅仙鉛淚，點行行、耳邊朱暈。黛痕欲化，齧痕休記，土華清冷。一寸滄桑，千年法物，壁間留映。對瓊窗雙照無言，待共證，恒河影。」陳孝章《北雙調折桂令》云：「想昭陽對影摩挲，衹宜他少女佳人，秀靨輕搓，媚眼頻睃。爲恐怕俊宫娥櫻桃笑破，卻不許醜奴兒亂點雙蛾。傍妝臺梳裏停妥，問君王淺淡如何？腰裊輕羅，蘭麝香和。雖則是天眷恩多，要提防妬寵興波。」此卷今猶存寒齋。

新寒

濃霜如雪月如丸，庭樹風高落葉乾。最是單衾多病後，昨宵無計敵新寒。

憶蘇州故居三首

一帶朱樓護碧紗，千山烽火望中賒。從今縱有江南夢，明月梅花屬别家。

喬木傷心説故家，斷釵零鈿委塵沙。重來燕子驚新主，空認庭前紅杏花。

歌酒頻開上日筵，華堂夢斷十年前。祇今飄泊西南際，卻向朱門乞一椽。以上乙酉前作。以下乙未後作。

箋曰：祖棻故居在蘇州大石頭巷，蓋乃祖退安公所置産也。亦略有庭園花木之勝。公名守謙，工書法，嘗與僑居吴門之朱古微、吴昌碩諸名士游。

銘延、白樺書來念蘇州舊游，賦答

人生祇合住吴城，片石叢花俱有情。除卻夢窗知此意，徐公楊子共愁縈。

箋曰：徐銘延，江蘇南通人，上海美術專科學校畢業。楊白樺，原籍浙江嘉興，生長南京，遂爲南京人。胡小石先生仲子，出繼外家。中央大學畢業。二人皆嘗與祖棻共事江蘇師範學院中文系，又以院系調整，同調至南京師範學院。其後祖棻赴武漢，二人仍在南京，常有書問也。

赴漢口觀杜近芳劇，夜歸遇雨

舊曲新聲韻更嬌，敞車歸路夜迢迢。青衫也爲聽歌濕，風雨瀟瀟過大橋。

病中憶吴門舊事，寄敬言伉儷金陵、仰蘇伉儷蘇州四首

臺下楊妃未上場，當時盛事説明皇。吴門苦恨余歸晚，惆悵歌塵冷畫梁。

卧病書齋日月長，偶餘結習向歌場。相邀同看蘇州戲，一傘千山説孟姜。

梁魏新腔久擅場，知音千載繼周郎。男兒膝下黄金貴，一曲銷魂拜刺梁。

吴江寂寂冷青楓，弦管餘音逐曉風。遥想詹橋今夜月，夢中歸路幾人同？

箋曰：凌景埏，字敬言。陸欽軾，字仰蘇。均江蘇蘇州人，與祖棻同教江蘇師範學院。陸雖在物理系，而與祖棻比鄰，故交往亦密。院系調整後，陸仍在蘇，凌則隨中文系遷寧，此祖棻在武漢分寄之作也。

白樺以繪有孫悟空圖象之賀年片見寄，祝余老健，並能遠游，戲答

殘年新歲喜相聞，善病辜君善禱文。筋斗何由追大聖，秣陵終隔萬重雲。

春日寄白樺

猶憶逢春作勝游，緑楊城郭泛輕舟。何時共踏紅橋月，重上揚州舊酒樓？

寄敬言二首

仙居何處好樓臺，想見晶窗向曉開。傅厚崗前殘月夜，分明夢裏御風來。

箋曰：傅厚崗在南京城北，故言嘗賃廡其地。

橫塘別後幾經秋，翻向金陵憶舊游。何日西窗一尊酒，秋燈夜雨話蘇州？

寄國章兼訊止畺二首

夏木陰陰石徑斜，當年幾度到君家。遥知一夜熏風暖，開遍南山梔子花。

新來難得武昌魚，憑仗飛鴻一寄書。爲問東吴喬國老，孫郎霸業近何如？

箋曰：喬國章，江蘇人，曾在江蘇、南京兩師範學院與祖棻共事。孫望，江蘇常熟人，字止畺，金陵大學畢業，時任南京師範學院中文系主任。喬先生畢業兩江師範學堂，年輩較尊，人或稱之爲喬國老，故此詩以喬玄、孫策戲比之。

癸卯夏重游金陵，賦呈子雍、白匋十首

白下清游誤後期，七年離恨夜燈知。人間縱有登仙樂，不及秦淮重到時。

箋曰：祖棻以一九五六年移硯武漢大學，至是爲七年也。

故人尊酒暫盤桓，白髮新添興未闌。猶喜歸來非化鶴，不須秉燭更重看。

楚江多病不勝衣，長怕重逢舊貌非。物阜年豐天下樂，新來瘦沈亦癡肥。

相攜同過勝棋樓，高柳毵毵記昔游。卻笑湖名尚依舊，人間何處有新愁？

猶記芸窗共一編，幾回風雨對牀眠。荷香柳色湖邊路，重話前游三十年。

共譜新聲學宋賢，寫愁猶憶亂離年。舊詞忘盡勞君記，誦到游仙第幾篇？

箋曰：以上三首屬曾子雍。子雍名昭燏，湖南湘鄉人，三十年代與祖棻同學於中央大學中文系，後留學英國，專攻田野考古，終身不嫁。祖棻所作游仙詞十首見詞集乙稿，子雍皆能背諷，於席間誦之也。

夢窗才調老詞仙，玉茗新聲海内傳。一樣湖光山色裏，匆匆聚散幾經年。

箋曰：此首屬吴白匋。白匋早歲詞學夢窗，甚工，解放後從事戲曲，其所改編之錫劇《雙推磨》、《紅樓夢》等尤有名於時。

文人結習未全刪，車馬從容首長班。同學少年多不賤，未妨樗散占名山。

箋曰：時子雍任南京博物院院長，白匋任江蘇省文化局副局長，皆有汽車代步，而官舍門禁嚴，

往訪者皆需先通電話，經允許接見後，始可填會客單，入内相晤。友人中習於蕭散者多畏其煩，遂少來往。此詩蓋調之也。名山，謂珞珈山，武漢大學所在。

玄武湖中同泛棹，鷄鳴寺畔屢停車。從今別夢依依處，舊地新添緑柳居。

箋曰：緑柳居，素菜館，在南京太平路。

朱顔緑鬢渾非故，逸興豪情略似前。詩酒未妨吾輩老，喜看兒女勝當年。

癸卯除夕示麗兒

粘花貼錦集佳篇，歌舞安排夜不眠。老興縱輸兒輩好，也除舊病過新年。

丙午春，珞珈山寓廬碧桃盛開，輒與麗兒留影其下。因憶昔嘗於白門明孝陵梅花下攝影一幀，亂中失去，今三十年矣。感賦小詩二首

人影花光春正妍，飄零舊迹落誰邊？喜看嬌女紅顔好，不向東風歎逝川。

不將人面比花妍，初試工裝色澤鮮。好把拈針揮翰手，鑄成鐵柱拄新天。麗兒方學工。

箋曰：華中師範學院第二附屬中學與武漢汽車標準件廠合辦中等技術專修科。麗則學於該校而在廠實習，故云「學工」。

麗則東游吴越，將歸，詩以逆之六首

極目吴山連楚水，夢魂逐汝趁行舟。白門菡萏閶門柳，一樣銷魂感昔游。

七里山塘接虎丘，屧廊香徑幾淹留。憐兒生小吴門住，兩度重來是舊游。

經年不寄一行書，喜汝清游遠到吴。除卻江南好風景，親朋消息帶來無？

一棹秋風江上回，六橋三竺幾徘徊。征衫莫浣東湖水，曾帶西湖煙雨來。

歙浦高低幾度潮，歸期細數路迢迢。不知今夜波心月，船泊江南何處橋？

行程暗計恐無憑，人在艨艟第幾層？遥想蔣山青未了，西風殘照過金陵。

謝涵君見惠手植玫瑰二首

感君帶露翦新枝，淡白深紅色總宜。最是夜來春氣暖，濃香一枕夢回時。

忙中歲月易侵尋，忘卻尋花舊日心。忽覺眼前生意滿，教人記起已春深。

箋曰：涵君，謂李涵，江蘇江陰人，燕京大學歷史系畢業，與夫石泉皆爲武漢大學歷史系教授。

壬子春，麗兒于歸，賦示

嬌憨猶自憶扶牀，廿載相依共暖涼。春徑看花歸日暮，秋燈擁被話更長。每誇母女兼知己，聊慰親朋各異方。喜汝宜家償夙願，眼前膝下幾時忘。

箋曰：婿張威克，安徽桐城人，現在南京大學生物化學系工作，時與麗則皆爲武昌關山汽車標準件廠工人。

寄千帆二首

門外東湖水，秋風起碧波。傷心家似客，附骨病成魔。同室期應遠，移居愁更多。幽窗人不寐，漫問夜如何。

清秋明月夜，相望隔重城。多病思良伴，長離負舊盟。有情惜往日，無意卜他生。還待烏頭白，歸來共短檠。

箋曰：余自一九五七年以非罪獲譴，屢更謫地，後乃長流沙洋。此後祖棻見懷諸什皆寄沙洋者也。

一夕二首

一夕蓴鱸繫夢思，秋風何事滯天涯？病多倚枕燈殘後，路遠扶筇日落時。燕壘蜂房俱可羨，烏頭馬角總難期。朋交幾輩成新鬼，猶自音書隔故知。

論文學圃兩難諳，相對儒冠祇自慚。賸有病懷荼比苦，幾曾老境蔗同甘？空談一向書徒讀，多夢新來睡不酣。回首秋風摇落處，柳絲鬢影共毿毿。

喜得石臞書，卻寄二首

茫茫煙水繞重城，遠札驚開久愴情。乍認手書疑隔世，細思交誼憶平生。歸來共慶風聞誤，喜極翻教老淚横。更待相逢一尊酒，未須料理舊時名。

裙屐翩翩集白門，青春意氣共誰論。三年海岱無消息，千里楓林入夢魂。舊業未妨吾輩老，故交驚數幾人存。結鄰終負他年約，白首離居湖上村。

箋曰：殷孟倫，字石臞，四川郫縣人，與祖棻同學於中央大學。曾任四川大學、山東大學教授，已故。時有傳君化去者，故詩云云。余一九七五年寄君詩亦有「未死東坡真似夢，悲秋宋玉待招魂」之句。

憶上海諸侄四首

諸侄迢迢隔海涯，客中多病倍思家。重逢豈獨余頭白，祇恐相看鬢盡華。

見説江南景物妍，蓴鱸風味尚依然。秋來最憶澄湖蟹，夢斷持螯十六年。

猶記兒時共一堂，幾回聚散悔蒼黄。他年若許重相見，話盡燈窗秋夜長。

菡萏梅花落更開，流光似水苦相催。年年空作東歸計，不識浮生得幾回。

答淡芳四首

習静空山裏，偷閒老病餘。難逢鄉國信，喜得故人書。辛苦尋方藥，殷勤問起居。卅年千里隔，交誼未相疏。

歲暮多風雪，紅爐煮藥甌。清寒欺病骨，殘夢數交游。舊業仍黄卷，流光漸白頭。浮沈煙浪外，湖上羨沙鷗。

楚蜀風煙接，頻勞雙鯉魚。滄江同卧病，蠹簡伴閒居。年輩徒尊老，詩篇每起予。成都沽美酒，終歎後期虚。

揚靈出三峽，乘興意何如？鄂渚停橈問，東湖近水居。久無江浦蟹，難得武昌魚。待翦西窗燭，盈尊酒有餘。

箋曰：王淡芳，字雪邨，四川酆都人，四川大學中文系畢業，嘗從余問學。久任中學教師，已退休。

麗兒途中拾得臘梅殘枝，歸供案頭，感賦

拾得街塵裏，歸供瓶水中。榮枯原有分，開落豈因風。殘萼能餘幾？孤芳自不同。名園盛桃李，留汝伴寒松。

得肇倉病中書，奉寄二首

秋懷正摇落，一雁度南天。老病傷吾輩，文章讓少年。無才甘守拙，易退豈能賢？縱對湖山勝，登臨亦惘然。

白首如新空揖讓，相逢傾蓋復離居。漢皋卅載交游少，猶喜燕臺遠寄書。

箋曰：顧學頡，字肇倉，又字叔坎，湖北隨縣人，北京師範大學畢業，曾任西北師範學院教授，人民文學出版社編輯，已退休。

癸丑秋冬之際，山居偶成四首

櫟林生遠籟，湖畔首重回。驛少書難寄，山深客不來。又看桐葉落，仍報菊花開。安得同心友，持螯共舉杯？

村鷄初唱曉，野徑少人過。襲枕淒風厲，衝門落葉多。青山吐紅日，碧水漾金波。早起輸鄰媪，巡畦踏露莎。

緑蕪凋朔氣，紅樹獨經霜。倚枕翻詩集，傳書問藥方。病懷容我放，倦眼笑人忙。始覺投閒好，幽居午夢長。

蓬户經旬閉，寒蔬不滿盤。山荒風雪勁，市遠米薪難。文字閒愈懶，襟懷老更寬。新綿裝布被，一覺未知寒。

續成次韻 四首

幾家山畔住，零落不成村。侵曉先澆圃，餘曛各閉門。十年雙鬢白，四壁一燈昏。漫説形容改，鄉音亦不存。

名勝東湖舊，誰知渚北村？行人常問路，信使偶敲門。風急波鱗皺，寒凝日色昏。江南成昨夢，偕隱約空存。

悲風動喬木，黄葉滿山村。儲藥難除病，無童可應門。自堪經伏臘，誰共話晨昏？海内思耆舊，而今幾輩存。

臨淵無復羨，咫尺是漁村。日晚鷄歸栅，更深犬吠門。新書心不記，細字眼還昏。應被山靈笑，猶餘結習存。

涉江詩稿卷二

海鹽沈祖棻子苾撰　閒堂老人程千帆箋

甲寅之春，泛舟東湖。感念昔游，慨然成詠十首

容與蘭舟一棹輕，東湖萬頃碧波平。故人玄武湖邊住，可是春游載酒行？
勝棋樓畔柳婆娑，品茗曾同二妙過。遥想年年湖水渌，莫愁翻更惹愁多。
萬絲柔縷共愁縈，回首金陵百感生。緑柳居邊無緑柳，如何一樣綰離情？
老人星記聚秦淮，佳會平生暢好懷。今日風流誰與共？離愁渺渺更難排。

箋曰：上四首，憶一九六三年南京之游。「二妙」，曾子雍、吴白匋也。參前《癸卯夏重游金陵》諸作。

北渚荷香飄舊夢，石湖夜月失豪情。老懷寂寞憑誰説，親故飄零半死生。

箋曰：此首憶蘇州。時祖棻堂兄楷亭及友人陸仰蘇、楊白樺皆已逝世，故詩云然。

四十年前樓外樓，南高峰頂豁吟眸。泛舟空有重來約，争得風華追昔游。

箋曰：此首憶西湖。一九三四年左右祖棻肄業中央大學時，嘗與中國文藝社同人侍寄庵、方湖兩汪先生游西湖也。

倚舷嬌女引嬌雛，山水清暉勝畫圖。卻對春風思舊侶，潾潾還愛大明湖。

箋曰：「嬌雛」，外孫女早早也。時殷石臞執教濟南山東大學，故有末句。

放眼東湖景亦幽，風光北海羡清游。神京空下南州榻，病足難登百尺樓。

箋曰：此首屬曹逸峰。逸峰由武漢調北京，嘗約祖棻往游而棻病未能。

新來又見碧毿毿，吴楚離衷尚不堪。撩亂雪花如柳絮，有人塞北憶江南。

箋曰：此首憶游介眉。介眉久客哈爾濱，詳後。

猶記高樓列酒尊，當年老宿幾人存？銅鋪露濕行吟閣，未許重招楚客魂。

箋曰：此懷武漢大學中文系諸老也。時劉弘度、劉博平、徐天閔、席魯思諸先生皆先後下世。中文系同人嘗聚於東湖長天樓，屈原塑像及紀念屈原之行吟閣即在樓旁。「文化大革命」中，狂童封閣而沈像湖中。詩中「楚客」，蓋兼屈子及諸老言之也。

病中頻得諸友來書，兼有賦詠，聊答六首

目送征鴻去路賒，所思迢遞各天涯。一春塞北長飛雪，三月江南正落花。後約深期杯酒滿，新詩喜見墨行斜。縱令訪戴能乘興，應對流波歎鬢華。

枕畔書函懶不收，篆煙微裊小茶甌。兼旬細雨人方病，萬里長雲雁亦愁。海内故交今共老，江南好景昔同游。輕帆若趁東風便，重上秦淮舊酒樓。

别後惟添兩鬢霜，何勞遠道問行藏。名慚通籍歸文苑①，老怯傳經退講堂。偶注蟲魚開卷帙，難隨鴛鷺列班行。風簷睡起無多事，小坐桐陰對夕陽。

早梅風裹下重帷，飛盡楊花節候移。多病閒居疏世事，無才厚禄負明時。千金市骨恩雖重，小技雕蟲悔已遲。閉户著書聊送老，覆瓿何待後人嗤。

官柳舒金又萬絲，武昌城外住多時。久拚歸夢吴江冷，難遣招魂楚客悲。腰腳但求臨老健，姓名漸喜少人知。論文尊酒何容易，詩卷頻開且自怡。

一夕南風雨霽初，開軒新緑滿庭除。更無車馬來幽徑，儘有湖山伴索居。兒女燈前同笑語，親朋天末數傳書。藥爐茶竈抛心力，莫怪嵇生作答疏。

得介眉塞外書，奉寄十首

斷無消息廿年餘，絶徼終傳一紙書。猶及生前相問訊，翻教老淚濕裙裾。

秦淮春水緑迢迢，流盡華年舊夢遥。欲説江南當日事，老來殘魄不禁銷。
少年同學氣縱横，賭酒聽歌逐隊行。四十年間渾一夢，尋思舊事卻分明。
猶憶春風舊講堂，穹廬雅謔意飛揚。南雍尊宿今何在，弟子天涯鬢亦蒼。

箋曰：王簡庵先生，名易，字曉湘，江西南昌人，三十年代初在中央大學任教。先生博學多通，而訥於言辭。學者多以聽受爲苦。北齊斛律金《敕勒歌》云：「敕勒川，陰山下。天似穹廬，籠蓋四野。天蒼蒼，野茫茫，風吹草低見牛羊。」先生授樂府通論，嘗及之。介眉素善謔，遂仿其體爲詩云：「中山院，層樓高。四壁如籠，鳥鵲難逃。心慌慌，意茫茫，抬頭又見王曉湘。」中山院，文學院所在也。見者無不大笑。

少年好弄慣操觚，共把風情戲老儒。見説尖酸到文字，獨憐結習未能無。

箋曰：吴雨僧丈，名宓，陝西涇陽人，久教清華大學。其爲人秉性方正而兒女情多。嘗鍾情毛彦文，交往數年，而毛終别嫁前國務總理熊希齡。丈爲惘然者久之。介眉與祖棻時知其事，思所以戲之，乃託名作書遥寄，附以詩篇，微露憐才之意。丈以爲真，大喜，遽函汪旭初先生詢問，而先生不知也。詩首二句，即記其事。

當年意氣已全銷，老病偷閒遠市朝。話到交親存歿感，春愁洶涌尚如潮。
作誄招魂兩未能，無多熱淚總成冰。長江一水通吴蜀，巴峽流愁到秣陵。

箋曰：此傷諸故人多不得其死也。參後《歲暮懷人》詩。

小樓深巷賣花遲，二月江南萬柳絲。寂寞空山春雨夜，那堪重憶對牀時。

箋曰：祖棻與介眉共事南京匯文女子中學，嘗同居一室也。

萬里迢迢繫夢思，窮邊白首獨歸遲。塞門春暮寒猶重，曠野風沙撲帳時。

關山相望隔千重，惆悵今生不可逢。惟把來書幾回讀，詩函欲寄更開封。

箋曰：游壽，字介眉，福建霞浦人，中央大學中文系、金陵大學國學特别研究班畢業。陳士誠妻。久任哈爾濱師範大學歷史系教授。

海若過武昌見訪四首

飄泊中郎女，重逢漢水濱。知交生死隔，忍淚話前塵。

三日不舉火，七朝還閉門。遺孥慘如此，斷盡故人魂。

爛熳猶當日，榮枯又一時。欲知慈母意，看取鬢邊絲。

離家經歲月，相顧意多違。親舊誰當道？因風送汝歸。

箋曰：海若，楊白樺女，陸國斌妻，現在南京師範大學工作。時方下放農村，省其舅氏於武漢，因得過寒家，詳談乃父於「文化大革命」中自沈，及家人聞訊後情事。詩中所云，皆實録也。參後《歲暮懷人》詩箋。

得蕘孫書及新詩，奉答

沈沈夜雨黯離魂，風物江南可共論。紅熟櫻桃思北渚，緑深楊柳記閶門。開函喜誦新詩句，舉袂難尋舊酒痕。西上東游莫相左，停舟同訪謝公墩。

箋曰：章蕘孫，安徽蕪湖人。正風文學院中文系及金陵大學國學特别研究班畢業，曾任上海師範學院教授，已故。

呈衡如師四首

江南名德經時盡，北國靈光一老存。朝市喧闐門闃寂，暮年心事共誰論？

天禄讎書仰令名，談玄輔嗣每傾城。誰知皓首窮經日，不畏前賢畏後生。

賞理敷文兩未能，門牆數仞愧傳燈。惟餘一樣江南夢，猶趁回潮向秣陵。

白下追陪集勝流，故交零落感前游。縱來燕市同呼酒，師弟相看總白頭。

箋曰：劉國鈞，字衡如，江蘇南京人，曾任金陵大學文學院院長、北京大學圖書館學系教授，已故。

屢得故人書問，因念子雍、淑娟之逝，悲不自勝六首

碧天雲過雁成羣，知舊相聞老更勤。檢遍來書無手迹，悠悠生死獨憐君。

風雨他年約對牀，重來已隔短松岡。一言知己曾相許，繞指柔含百煉鋼。

自傷暮齒少交親，朗月清風憶故人。空説高文傳海徼，身名荏苒總成塵。右子雍。

箋曰：子雍長南京博物院，位高心寂，鮮友朋之樂，無室家之好，幽憂憔悴，遽以一九六四年十二月二十二日自墜靈谷寺塔，享年僅五十有五。傷哉！「高文」，謂其所撰江蘇史前史論文，海内外考古專家公認爲空前之作也。

當年函札最殷勤，待剖雙魚更憶君。不見春風吹鬢影，空悲夜雨濕秋墳。

渝州霧氣漫天昏，春色年年憶白門。遥想千山啼杜宇，猶應愁殺未歸魂。

江水楓林感客心，離魂歸夢杳難尋。師丹善忘終何益，八載沈哀直至今。右淑娟。

箋曰：淑娟事，詳後《歲暮懷人》詩。

憶舊游悼白樺 六首

結伴清游記往年，望中城郭緑楊煙。春寒無際瓜洲渡，風雨瀟瀟待客船。

窈窕揚州廿四橋，五亭橋畔幾停橈。高樓縱有當時酒，何處孤墳和淚澆？

吴宮花草喜重過，每爲清歌唤奈何。此曲能知幾回聽，江南舊部已無多。

寂寂長街車馬稀，九天清露點秋衣。樓頭猶有簫聲咽，夜半聽歌踏月歸。

蕭寺西園舊有名，秋來水木倍華清。池亭冷落無人到，卻見黿鼉上岸行。

古塔欹斜倚晚晴，故家喬木話生平。西風殘照山塘路，他日重來隔死生。

箋曰：祖棻與白樺先後共事於蘇州江蘇師範學院及南京師範學院，此由憶居南京時揚州之游而兼及蘇州舊事也。

歲暮懷人并序 四十二首

癸丑玄冬，閒居屬疾。慨交親之零落，感時序之遷流。偶傍孤檠，聊成小律。續有賦詠，隨而録之。嗟乎！九原不作，論心已絶於今生。千里非遥，執手方期於來日。遠書宜達，天末長吟。逝者何堪，秋墳咽唱。忘其鄙倍，抒我離衷云爾。

甲寅九月。

尊酒論文思遠道，琴弦絶響愴今生。那堪風雪空山夜，不盡人間感舊情。

錦水青溪舊酒壚，石交誰似老相如？三年楚客魂銷盡，喜得山東一紙書。殷石臞

箋曰：石臞蜀人，故以相如爲比。「文化大革命」中久斷音問，或訛言已故，後始知其無恙，仍執教山東大學也。

八閩才調最知名，口角鋒鋩四座驚。牢落孔門狂狷士，一編奇字老邊城。游介眉

箋曰：介眉任教哈爾濱數十年，輒有歸歟之歎，而卒不果行。其爲人亦狂亦狷，特立獨行，交游中所稀見。其爲學長於考古，尤擅金文，亦精書道。女同學中治古文字者無多，君與子雍可

云雙璧也。

湖邊攜手詩成誦，座上論心酒滿觴。腸斷當年靈谷寺，崔巍孤塔對殘陽。曾子雍

箋曰：此可參前懷子雍詩。首句即前詩「舊詞忘盡勞君記，誦到游仙第幾篇」也。次句即前詩「一言知己曾相許，繞指柔含百煉鋼」也。

離亂重逢憶舊容，酒杯茗碗每相從。廿年不報平安字，始信嵇公老更慵。陳孝章

箋曰：陳志憲，字孝章，四川酉陽人，在中央大學中文系與祖棻同年級。曾任四川大學中文系主任，已故。余夫婦在成都時與之過從甚密，出峽後，則鮮得其書也。參後《哭孝章》詩。

翠袖單寒挹淚多，璧臺金屋誤湘娥。燕京老去依嬌女，誰共黄塵感逝波？龍芷芬

箋曰：龍沅，字芷芬，湖南攸縣人，中央大學中文系畢業，適湘中巨閥茶陵譚氏子。芷芬德茂姿中，不得於乃夫，終致仳離，故詩前二語用杜甫《佳人》詩、《世説》「玉鏡臺」、相如《長門賦》事也。解放初在北京，近聞早移居澳大利亞矣。

零落蘅蕪夢裏春，對牀風雨最情親。江南河北空相訪，不見池亭撲蝶人。章伯璠

箋曰：解放後，祖棻曾在上海、北京諸地尋訪伯璠，終莫悉其踪迹。在中央大學肄業時，諸女生嘗以紅樓人物相擬，伯璠爲寶釵，故有「蘅蕪」、「撲蝶」之語。一九八四年十一月在臺北出版之《中國國學》第十一期所載尉素秋撰《詞林舊侶》一文曾紀其事，略云：以胡濟如爲元春，以尉素秋爲探春，章伯璠爲寶釵，祖棻爲寶琴，徐天白爲湘雲，杭淑娟爲岫煙，而以汪寄

庵先生比賈政。先生知之，因賦詩二首，題云：「伯璠、素秋告余曩在女生宿舍時，以《紅樓夢》中人自況，而比余於賈政。聞之絶倒，因成二絶句，示素秋輩。」詩云：「悼紅軒裏鑄新詞，刻骨深悲我最知。夢墮樓中忽驚笑，老夫曾有少年時。」「若個元春與探春，寶釵橫髻黛眉新。化工日試春風手，桃李花開卻笑人。」前篇蓋自謂少曾爲家人比爲寶玉，而今卻變爲政老爺，後篇則謂諸生本門牆桃李，乃敢以師爲戲也。

解吟辛苦賊中來，少婦當年亦擅才。霧散渝州人不見，酒樓空憶白玫瑰。趙淑楠

箋曰：淑楠夫婦住重慶春森路時，嘗爲汪寄庵先生居停主人，亦偶與當時師友文酒之宴。一九三九年春夏之交，重慶霧散，空襲大增，乃各散去，自此音訊渺然。「白玫瑰」，食肆也，在都郵街，所製棗糕、薑爆鴨尤有名。

悲風颯颯起高臺，雲鬢凋殘劇可哀。空與故人留後約，江南魂斷不歸來。杭淑娟

箋曰：淑娟解放後，授書重慶沙坪垻某中學。「文化大革命」中，以夫楊德翹曾居國民黨要職，遂被株連，曾薙成光頭，長跪高臺之上，終以瘐死。淑娟和順淑慎，爲諸女同學之最，故祖棻尤痛惜之。前悼淑娟詩「不見春風吹鬢影」句，亦指其髮被薙事，非泛用李長吉《詠懷》詩句也。

真堪傳業繼中郎，典籍蓬萊日月長。記共臨濠羨魚樂，江湖廿載未相忘。柳定生

箋曰：柳定生，江蘇鎮江人，中央大學歷史系畢業。柳翼謀先生之女，章誠忘妻。久在南京圖

書館工作，已退休。後二句，五十年代在南京重逢事。

秦淮明月巴山雨，漢口斜陽送驛車。卌載交游誰得似，見時杯酒别時書。曹逸峰

箋曰：曹逸峰，河南固始人，中央大學教育系畢業，程錚妻。解放後，由武漢調北京任中學教師。其爲人善與人交，淡而彌永也。

聲黨劉班數若人，詞壇毛鄭亦功臣。半塘已殁彊村死，猶喜江寧接後塵。唐圭璋

箋曰：唐圭璋，江蘇江寧人，中央大學中文系畢業，曾任南京師範大學教授，已故。圭璋專攻詞學，尤精於文獻之搜輯校訂，所撰《全宋詞》、《全金元詞》、《詞話叢編》皆千秋業也。自晚清諸老以乾嘉考據之學治詞，流風大播。王鵬運半塘刊《四印齋詞》，朱孝臧彊村刊《彊村叢書》，實爲先導，而圭璋則踵事增華也。

情親童稚更誰同，聚散無端類轉蓬。一曲池塘清淺水，白楊蕭瑟起悲風。楊白樺

箋曰：白樺童時，祖棻即識之於其本生父胡小石先生家，及長，才質秀異，爲儕輩冠。與祖棻共事於蘇州、南京兩師範學院，以師門故，交往甚密。一九六八年，不堪「文化大革命」中之迫害，在句容自沈。

天際重雲乍卷舒，雁來先得白門書。酒痕涴盡征衫破，猶記當年緑柳居。金啓華

箋曰：金啓華，安徽滁州人，中央大學研究院畢業，現任南京師範大學教授。「文化大革命」後期，局勢稍寬，啓華首通音問。一九六三年，祖棻重到金陵，曾與諸朋舊聚飲緑柳居，詩中

屢及之。

高步詞壇三十秋，風情垂老譜紅樓。歌雲散盡無消息，待得重逢早白頭。吴白匋

箋曰：白匋工詞及戲曲事，已見前癸卯呈子雍、白匋詩箋。

早築詩城號受降，長懷深柳讀書堂。夷門老作拋家客，七里洲頭草樹荒。高石齋

箋曰：石齋詩功極深，五言尤戛戛獨造。故居在長江中七里洲，嘗構深柳讀書堂於其地。解放後，主講河南大學，數十載未嘗歸鄉也。

巴峽崎人憶舊狂，千金散盡始還鄉。篋中草聖依然在，何處春風問講堂。蕭印唐

箋曰：印唐任俠輕財，急人之急，多金不吝。工行草書，得者寶之。時不得其消息，故有末句也。

久侍蘄春治典墳，旋從菿漢亦精勤。釋名解注劉成國，轉語還追揚子雲。徐士復

箋曰：徐復，字士復，一字漢生，江蘇常州人，金陵大學國學特别研究班畢業，現任南京師範大學教授。先從黄季剛先生學，又侍章太炎先生於蘇州，助其辦理國學講習會，故於小學尤精。所著有《釋名音證》、《常州方言考》、王石臞《釋大》疏證等。

少年按曲醉瓊鍾，老病申江幾度逢。八載滄桑恨離别，書來失喜未開封。章荑蓀

箋曰：荑蓀曲學，能得吴霜厓先生之傳。醉後清歌，娓娓可聽也。

元白交親迹已疏，萬金未抵一行書。秣陵舊事難重理，空向旁人問起居。孫止畺

箋曰：孫止畺、霍焕明夫婦與余夫婦通家，情好尤篤。「文化大革命」中，以避嫌故，久絶音書。

賭酒催詩夜宴頻，草堂花市趁良辰。錦城一别交游散，長憶風流舊主人。劉君惠

箋曰：余夫婦居成都時，嘗賃廡君惠岳翁馮先生宅，君惠時亦居岳家，故過從甚頻，每共游宴也。

論文難忘山中夜，訪舊曾尋海上居。如飲醇醪人自醉，周郎交誼未應疏。周煦良

箋曰：周煦良，字舟齋，安徽至德人，英國愛丁堡大學畢業，曾任武漢大學、華東師範大學外文系教授，已故。

月黑挑燈偏説鬼，酒闌揮麈更談玄。斯人一去風流歇，寂寞空山廿五年。金克木

箋曰：金克木，字止默，安徽壽縣人，留學印度，精研内典梵文，曾任武漢大學哲學系教授，解放後，轉教北京大學。止默善清談，朋儕中罕匹也。

新詩年少早相知，吴楚同游共酒卮。戲馬臺邊多病後，雲天寥闊雁來遲。吴奔星

箋曰：吴奔星，湖南安化人，北京師範大學中文系畢業。工新詩，三十年代嘗主編《小雅》詩刊。曾任武漢大學、徐州師範學院教授，現任南京師範大學教授。時在徐州，故詩及「戲馬臺」也。

傅厚崗前血濺塵，沈沈冤魄恨奔輪。霓裳舊拍飄零盡，誰記當年顧曲人。凌敬言

箋曰：敬言精於詞曲之學，尤喜昆劇。一九五九年，在其南京傅厚崗寓所前爲三輪車所撞，不

幸逝世。

長吟獨自醉高樓，遲日園林記俊游。賸有旅魂終不返，那堪重聽大刀頭。徐銘延

箋曰：銘延早歲參加革命，六十年代初，被誣爲右傾機會主義分子，終至神經錯亂，於一九六四年以菜刀自殺，故詩末句云然也。

會稽名著夙精研，垂老佯狂亦可憐。不識鷹揚營畔路，可能皓首續殘編。朱金聲

箋曰：朱彤，字金聲，江蘇南京人，金陵大學政治系畢業，後留學美國，改治文學，曾任南京師範學院中文系教授，已故。嘗從事魯迅研究，著書數卷。晚有佯狂之疾，與人多迕。所住鷹揚營，蓋明代屯兵之所，因以得名，今訛爲陰陽營。

論交末俗何人會，傳誦名篇稚女知。江漢風濤別來意，天涯長似比鄰時。張拱貴

箋曰：張拱貴，湖北羅田人，北京師範大學中文系畢業，現任南京師範大學教授。嘗著文論漢語成語中之成套格式，如説一不二、推三阻四之類。時麗則方童稚，每背誦其文中例句爲樂，故詩及之。

陸賦鍾評總冠時，南雍接席偶相知。每因久別思名論，卻愧從人録小詩。吴調公

箋曰：吴調公，江蘇鎮江人，大夏大學中文系畢業，現任南京師範大學教授，尤長中國古代文論之研究，故以士衡、仲偉比之。

風簷寸晷最勤渠，游肆曾觀萬卷書。未覺往還音信少，善交平仲久如初。趙國璋

箋曰：趙國璋，河南新鄭人，復旦大學中文系畢業，現任南京師範大學教授。君治學甚勤，嗜書成癖。

名花奇石每相邀，一夕離魂不可招。長記驛亭相送處，秋風吹袂雨瀟瀟。陸仰蘇

箋曰：「文化大革命」中，仰蘇爲狂童所毆，盲其一目，後卒以冤死，所謂「離魂不可招」也。

衝波破浪寄雙魚，念舊情深愧不如。一自上元燈冷落，斷碑殘帖閉門居。施蟄存

箋曰：施舍，字蟄存，上海松江人，現任華東師範大學教授。蟄存早歲以小説蜚聲文壇，所寫短篇如《將軍的頭》、《上元燈》尤有重名。後遭排擠，遂改治金石之學，著《水經注碑録》、《北山集古録》諸書，其《金石百詠》合復初齋之精審、越縵堂之風華爲一手，尤斐然可觀。亦如沈從文之棄小説創作而從事服飾研究也。

暮年親故半凋零，卻喜神交眼獨青。久客京華盛聲譽，老藏人海掩重扃。顧肇倉

箋曰：肇倉與祖棻晚歲頗有詩簡往返，而迄未謀面。一九七三年秋，肇倉嘗訪余夫婦於東湖，而余已赴沙洋，祖棻則薄游寧滬，皆不遇，故此云「神交」。

年少翩翩問字初，樊南文采更誰如？老來心力歸牛背，挂角猶能讀漢書。劉彥邦

箋曰：劉彥邦，四川興文人，初肄業金陵大學中文系，後轉入四川大學畢業。工詩，亦能駢體，嘗擬收京謁中山陵表甚工，故以李義山爲比。「文化大革命」中，嘗下放農村牧牛數載，故詩及之。

淮海風流絶妙詞，温柔恰稱女郎詩。微雲衰草愁無際，何處荒墳弔故知？楊國權

箋曰：楊國權，四川綦江人，金陵大學國文專修科畢業，詞筆清麗。嘗與同學池錫胤、崔致學、盧兆顯合刊《風雨同聲集》，内收楊生《苾馨詞》三十首，池生《鏤香詞》二十五首，崔生《尋夢詞》三十一首，盧生《風雨樓詞》三十六首，祖棻爲之序曰：「壬午、甲申間，余來成都，以詞授金陵大學諸生。病近世佻言傀説之盛，欲少進之於清明之域，乃本夙所聞於本師汪寄庵、吴霜厓兩先生者，標雅正沈鬱之旨爲宗，纖巧妥溜之藩，所弗敢涉也。及門既信受余説，則時出所作，用相切劘，頗有可觀省者。而綦江池、楊二生，寧河崔生，三水盧生，里閈雖異，交誼頗篤。以先後卒業之將別去也，爰共撰録平居所爲，付諸劂氏，藉當相思之券，題曰《風雨同聲集》，蓋詩人相鳥鳴鷄之義云爾。在昔南宋羣賢，覯逢多故，陸沈天醉之悲，一寄諸詞，斯道以之益尊。今者，島夷亂華，舟覆棟傾，函夏衣冠，淪胥是惘，是戔戔者，烏足以攀躋曩哲？然其緬懷家國，興於微言，感激相召，亦庶幾萬一合乎温柔敦厚之教，世之君子儻有取焉，而不以徒工藻繪相嘲讓邪？甲申天中節。」章行嚴丈見而賞之，其《論近代詩家絶句》有云：「大邦盈數合氤氲，門下門生盡有文。新得芙蓉開別派，同聲風雨已堪聞。」自注云：「沈祖棻爲程氏婦，其門人已刊《風雨同聲集》詞稿。」國權解放後以故瘐死獄中，莫能詳也。

仲宣詩賦早知名，垂老重逢慰別情。卅載滄桑一杯酒，暮雲回首萬重城。王文才

箋曰：王文才，四川崇慶人，初讀於華西協合大學，後在四川大學國學研究所畢業，現任四川

師範大學教授。「文化大革命」中，親朋斷絶而文才獨訪荒村，不禁爲之一喜也。

鉛華掃盡筆縱横，少作驚人已老成。聞道别來新製少，可教政績掩詩名。劉國武

箋曰：劉國武，四川中江人，華西協合大學中文系畢業，現在四川醫學院教授語文。時方任該校教務行政工作，故有末句。

當日曾誇屬對能，清詞漱玉有傳燈。浣花箋紙無顔色，一幅鮫綃淚似冰。宋元誼

箋曰：宋元誼，四川富順人，四川大學中文系畢業，徐溥妻。曾在四川師範大學中文系任教，「文化大革命」中被辱自縊。君爲清末名宿芸子先生女孫，學有淵源，才情富艷，尤工屬對。其爲詞，凡遇可對可不對者，則必對之而後快。自其短命，祖棻遂有喪予之慟，而深惜汪、吴詞學不得其傳也。

脱手新詩如彈丸，殷勤舊誼託書翰。阿翁已自教孫女，猶作當時年少看。王淡芳

箋曰：數十年來，淡芳書問最勤，雖十年浩劫中亦未間斷，故有次句。以上自劉彦邦至王淡芳六人，皆嘗在上庠受業或私淑於祖棻者也。

巴江自碧蜀山青，千里楓林入杳冥。莫擬乘舟上三峽，鵑啼猿嘯不堪聽。

舊曲淪飄酒不温，吴趨斷夢亦難存。叢蘭片石休回首，一抹斜陽照墓門。

板橋流水自縈迴，十載秦淮兩度來。漫想他年重訪舊，黄壚冷落笛聲哀。

得介眉病中書，賦答四首

昔在南雍日，逢辰多勝游。梅開靈谷寺，櫻熟後湖洲。賭酒輕杯斝，分題逐輩儔。未知惜光景，春色似長留。

九陌東風軟，尋芳肯後期。月當初滿夜，花發最繁枝。似病因傷酒，言愁爲賦詩。故交零落盡，忍話少年時。

匯文舊池館，曾伴藥爐煙。汲井浮瓜冷，聯牀聽雨眠。奮飛無鳳翼，寄恨祇鸞箋。密意三冬暖，相思託縷綿。四十年前，君與余嘗共事於匯文中學。余近年腿膝患風痹，君親擣薑汁製藥綿見寄，裹之良已。

箋曰：匯文女子中學，在南京中山路。舊爲教會所立，今改人民中學。

北國多風雪，何人侍病帷？黃壚思故侶，碧海分生離。痛極翻無淚，悲來欲語誰？老懷各珍重，良會儻能期。

再寄介眉

共惜華年逐逝波，邊城獨老奈君何。休文瘦不緣詩苦，叔夜慵還爲病多。萬里秋風同作客，一場春夢總成婆。楚宮泯滅餘文物，訪古南來儻見過。

①「苑」，底本作「宛」，據《涉江詩稿》油印本、福建人民出版社《涉江詩》、《沈祖棻創作選集》、河北教育出版社《涉江詩詞集》改。

涉江詩稿卷三

海鹽沈祖棻子苾撰　閒堂老人程千帆箋

乙卯新歲寄白匋四首

近有金陵信，多君作壯游。登山方羨健，對酒忽添愁。卧疾容蕭散，傳經得暫休。江雲正東望，喜見致書郵。

晶窗明霽色，凍雀噪寒枝。開札驚新病，懷人誦舊詞。年深歸計懶，歲改報書遲。浩浩長江水，應憐寄小詩。

長記重逢日，薰風拂酒旗。獨慚誇二俊，君謂女同學中惟子雍及余爲有成，聞之滋愧。相勸醉千卮。宿草縈孤冢，平居念盛時。存亡雙寂寞，終負故人期。

青衿弦誦地，舊夢杳難尋。老覺交情重，別來相憶深。湖山同勝賞，文字數知音。更作他年約，傾杯論素心。

箋曰：此數詩，白匋有答和之作，甚佳，今録如次。其一云：「雙魚下武昌，千里友情長。透墨箋無色，凝詩淚有光。頓驚冬日暖，欲罷藥爐香。唯願知音者，聞歌不斷腸。」其二云：「朝朝飲江水，長憶涉江人。寶璐今誰佩？銀釭老自親。逸才鄰漱玉，愁思過湘蘋。喜有波澄訊，開門浩蕩春。」其三云：「高詠醉流霞，鶯邊側鬢鴉。衣浸鍾阜黛，盞壓錦城花。夢裏寧知樂，生時總有涯。滄桑明正道，追昔莫傷嗟。」其四云：「幾度聽風雨，重逢皓月懸。半篙淮水緑，萬樹石城鮮。清話猶連夕，佳攜倏隔年。方期吴蟹大，趙李共東旋。」

和千帆方議游湖而余忽病之作

零落棲遲尚有村，卅年辛苦長兒孫。煙花傷別春俱遠，燈火論文酒可温。向老始知才已盡，餘生長與病同存。清游又負韶光好，滿目湖山卻閉門。

箋曰：余原詩云：「轉燭飄蓬損少年，相思相對雪盈顛。酸辛避死曾無地，悵望來書每各天。好雨漸催山翠活，神方從乞宿疴蠲。行春莫怕攲危步，袖底東湖絶可憐。」

石臞來書，並示新著，喜贈

當年名下無雙士，同學班中第一人。三峽江山助文藻，六朝煙水憶風神。書來滄海襟懷舊，論比長城著作新。彩筆凋零慚故侶，空餘雲物伴閒身。

箋曰：三十年代初，石臞自四川高等師範學校轉學中央大學，適黃季剛師主試，三藝皆得滿分，一日之内，名滿京華。「新著」，謂其於章行嚴丈《柳文指要》有所商榷，發爲文章也。

寄肇倉

侵宵猶帶雨聲殘，曉日長橋一倚闌。浩渺東湖添綺色，蕭森北地念春寒。空憐遠道傳書數，欲慰沈哀下筆難。寄語京華憔悴客，莫從桑海較悲歡。

箋曰：祖棻既殁，肇倉爲挽聯云：「神交十年，緣慳一面，從今哀怨憑誰慰？怕讀遺篇，頓成絶響，由來鰢魅喜人過。」上聯即指此詩，下聯謂罹車禍前，猶有詩寄之，不久而噩耗至也。當時友朋哀挽之作甚多，獨傳夏瞿禪先生聯云：「白下人歸武漢，黄初詩到文姬。」造語極工，然似非其全。遷延未及詢問。今夏翁夫婦皆已仙游，無由知之矣。

得印唐書，卻寄十首

十年消息總茫然，遠信驚疑雁不傳。漫説百書輸一面，一書猶望及生前。

緘札真從天外來，卅年襟抱一時開。少年同學今多在，還望東來共酒杯。

重逢尊酒論文初，卻念巴渝賦索居。多少故人齊引領，白門黄浦盼君書。

秦淮詩酒意飛揚，楚蜀流離未足傷。一別成都淹歲月，故應銷盡舊時狂。
朋儕禀性異温嚴，俠骨柔情君獨兼。老去江湖求藥物，空餘草聖閉塵奩。
眼昏手戰難成字，拂紙窗前奈老何。自會臨池無限意，不須惆悵墨無多。
別君哀樂近中年，少作鉛華不自憐。欲話後來桑海事，白頭猶自隔山川。
黄壚故侶骨成塵，楚蜀招魂共愴神。揮涕欲吟思舊賦，解吹鄰笛亦無人。
當年青鬢漸成絲，老病消沈百不宜。慚愧殷勤相問訊，江郎才盡已多時。
聞道沱江接漢皋，離懷渺渺路迢迢。何當夜話巴山雨，翦盡西窗燭萬條。

得君惠書，卻寄 六首

風雨連江迹暫疏，偶逢遠客問離居。雁來蜀道青天外，珍重劉公一紙書。
華西垻上接經筵，曾借園亭住兩年。座上朝朝有佳客，招邀喜得主人賢。
東晉風流揮麈餘，過江名士幾人如。清談痛哭情難遣，醉卧文君舊酒壚。
老幼移家暫避兵，比鄰詞客易傷情。良宵中酒歸來晚，留得清茶與解酲。
檀板新聲動客愁，有人風韻壓歌樓。梁州一曲行雲散，前度劉郎已白頭。

箋曰：時有南京名姝梁韻樓者，流落成都，鬻歌坊曲。君每與諸友爲周郎之顧也。詩中暗藏彼姝之名。

卅年歲月苦相催，别後重逢能幾回？今日欲爲東道主，東湖風月待君來。

孝章聞君惠得余消息，欣然過訪，因寄六首

漂泊流人蜀道難，尊前重見雜悲歡。錦城踪迹秦淮夢，江上蕭蕭風雨寒。

妙曲清詞寫錦箋，霜压樂府有薪傳。庖丁餘技渾閒事，食譜翻新到綺筵。

箋曰：孝章能傳吴先生曲學，尤精元劇。嘗爲《西厢記箋證》，雖詳審不及王季思兄之注，然固著先鞭矣。又每躬親庖厨，精製肴饌，友朋過訪，無不醉飽，亦他人所不能也。

緑楊村舍望迢迢，獨木輪車小板橋。年少豈愁行路遠，每憑杯酒即相邀。

聚時詩酒朝朝見，散後關山日日疏。鵲噪燈花渾忘卻，更無過雁解傳書。

憂患多從文字生，難憑短紙寫長情。無書未怪嵇公懶，至慎曾聞阮步兵。

聞訪城南舊里門，前游共話酒重温。蕭郎多病劉郎老，猶喜元龍豪氣存。

病中戲作，答諸故人問四首

盤飧病後朝朝減，衣帶新來日日長。飽吸山光飲湖渌，自應腸胃厭膏粱。

薄粥酸虀亦已捐，空厨偶裊藥爐煙。天教久向人間住，辟穀依然未得仙。

鳳餅龍團未足誇，清明雷雨采新芽。連宵肺腑清虚甚，許品南中第一茶。

重檢神方久病餘，加餐珍重故人書。桃花流水江南遠，喜得金盤膾鱖魚。

箋曰：此首即古詩「客從遠方來，遺我雙鯉魚。呼童烹鯉魚，中有尺素書」之意，而借用張志和《漁父》詞語出之，非真得魚也。

千帆沙洋來書，有四十年文章知己患難夫妻，未能共度晚年之歎，感賦

合巹蒼黃值亂離，經筵轉徙際明時。廿年分受流人謗，八口曾爲巧婦炊。歷盡新婚垂老别，未成白首碧山期。文章知己雖堪許，患難夫妻自可悲。

箋曰：自余以非罪獲譴，全家生活遂由祖棻一人負擔。時先君、先繼母健在，余夫婦及三妹一女，共八口，故第四句非泛下也。

得翔如書

窮鄉書一紙，展處感偏深。相弔燈前影，獨行湖畔吟。未愁無與語，卻恐久成喑。遠札千回讀，忘言契素心。

箋曰：何翔如，福建馬尾人，陳至剛妻，與麗則同學於華中師範學院第二附屬中學初中部。時下放監利農村勞動，所謂知識青年下鄉也。現在武漢工學院工作。

湖橋三首

湖橋凝眺思茫茫，懶向汀洲更采香。春盡絮飛流水遠，石闌空自倚斜陽。
兒女漁舟槳自操，淺灘新漲水痕高。閉門幾日濛濛雨，開遍沿堤夾竹桃。
三兩行人静不嘩，最憐春曉趁朝霞。小車轉轂推孫女，解指堤邊索野花。

雜書舊事寄止畺十六首

老懷舊誼託書郵，我病君忙作復休。楚水吴山離恨滿，那堪更憶少年游。
側帽詩人賦遠游，玉箏彈月洞庭秋。電光四十年間事，緑鬢朱顏共白頭。
湖海元龍讓上牀，肯令梁孟住長廊。楚辭共向燈前讀，不誦湘君誦國殤。
屈賈當時並逐臣，有情湘水集流人。狂朋怪侣今何在？喜見江山貌已新。
狂歌痛哭正青春，酒有深悲筆有神。嶽麓山前當夜月，流輝曾照亂離人。
計日雲程雁有期，渝州長喜寄新詩。蠻箋展向西窗燭，最慰巴山夜雨時。
兒女風雲萃一編，小春小集占春先。而今佳句追中晚，綺思靈襟讓少年。

箋曰：《小春集》，止畺所爲新詩集。抗戰前，常任俠、汪銘竹、滕剛及余夫婦等，從事新詩創作，成立土星筆會，出版《詩帆》半月刊，又由獨立出版社出版詩集叢刊若干種，《小春集》其一也。後君與余夫婦以教授古典文學，轉事舊體，而君效法李懷民《中晚唐詩主客圖》，追踪張文昌、賈浪仙，故五字律尤工。

未稱珊瑚入網羅，新辭一卷託微波。漫云心事無人會，早被巴渝譜作歌。時樂家有爲余《微波辭》製曲者。

錦江花事歎飄零，收拾鉛華付一經。郊北城南共遥夜，翻殘緗帙曉燈青。

孜孜終日注蟲魚，獨向郊坰閉户居。惆悵幾番詩酒會，吟邊少卻病相如。

武侯祠畔踏芳塵，古柏森森碧草春。不信威靈顯周易，猶將斯疾歎斯人。時君病肺，余爲禱於祠中，得籤云：「斯人也，而有斯疾也。」

花前漸減少年心，重到金陵歲月深。元白通家交誼舊，笑他兒女日相尋。

紅旗漫卷石頭城，幾見秦淮舊月明。迎送津亭一杯酒，重逢旋別若爲情。

漢臯廿載感離羣，回首鍾山隔暮雲。未恨江波魚信少，平生謹慎最知君。

相逢共喜好懷開，十日平原傾酒杯。但願年年似春色，東風吹送渡江來。

吟罷新詩意未窮，薰風人在病帷中。東湖遥對青溪月，千里清光此夜同。

江南諸友約於夏日東游，賦此爲答四首

廿年吴楚感離居，積愫難傾百紙書。飲水朝朝思建業，臨淵不羡武昌魚。

洪流浩浩望中賒，暫罷經筵日有涯。每對薰風思舊雨，等閒開過石榴花。

年年宿約易蹉跎，空展來書喚奈何。千里相思難命駕，高情輸與古人多。
歸來三見柳毿毿，猶記論文酒半酣。安得真同花外燕，一年一度到江南。余舊用筆名中有燕字。

送春

藥爐茶竈任生塵，緩步閒眠老病身。鄰笛遺琴思舊侶，荊雲楚水弔羈臣。墓門宿草難收涕，江渚飛花又送春。縱得東還應有恨，尊前不見往年人。

石齋寄詩見懷，兼約游粱，依韻奉和八首

舊侶金陵迹未疏，粱園楚澤獨離居。忽傳風疾驚朋輩，喜展雲箋認手書。
裾屐翩翩憶往年，輸君酒聖與詩仙。比來舊好多新詠，更待佳章有續篇。
勝游常與病相妨，極目中州道路長。莫怪豪情非昔日，鏡前青鬢已成霜。
天末冥鴻成遠舉，霞邊孤鶩悵離羣。廿年休道無音信，舊卷重開每憶君。
望中遠水接遥岑，别恨應同歲月深。卻喜東湖曾識路，情親猶見夢相尋。
攀條泫涕十圍柳，沿岸踏歌千尺潭。何日相期同命駕，回鄉訪舊到江南。
破屋三椽便是家，得鄰山水遠紛嘩。多時願作青門隱，祇愧無能學種瓜。
不恨神方病未降，最傷日月去堂堂。當年師友空相許，到老無成舊業荒。

箋曰：石齋原唱風調高妙，附存於此，俾世人共賞之。其一云：「新交未結舊交疏，二十餘年感索居。多謝故人相問訊，幾番重讀寄來書。」其二云：「風貌依稀似昔年，肌膚冰雪藐姑仙。閒愁萬斛防腸斷，爲誦南華第一篇。」其三云：「可能才與命相妨，漫寫新詩引恨長。今夜幽人應不寐，武昌城外月如霜。」其四云：「韻比寒梅尤絶俗，詞憐漱玉最超羣。衰年何以慰幽獨，欲折榴花寄似君。」其五云：「我所思兮隔遠岑，丹崖翠壁入雲深。夢中縱識東湖路，煙樹冥迷何處尋？」其六云：「山無艮嶽猶餘石，池鑿龍亭尚有潭。千頃稻花萬株柳，中原風物似江南。」其七云：「鐵塔南邊是我家，一樓高矗靜無嘩。睡餘不畏人間暑，飽喫梁園五色瓜。」其八云：「虎鬥龍爭未肯降，短兵相接陣堂堂。故人欲問今何似，老去詩城荒更荒。」此篇末句，蓋答前懷人詩中「早築詩城號受降」之語也。

介眉老眼失鏡昏瞀，手復燙傷，猶作書相問，賦此寄慰七首

莫向空山怨索居，憐君病裏未相疏。南雲幾日無消息，北雁多情更寄書。

眼昏手痛奈君何，歷歷眠蠶迹不訛。淡墨斜行情未了，故人心事老來多。

一經流轉逐車塵，江上秋風塞上春。奇字如今誰肯問？休傷載酒更無人。

風雪漫天望裏迷，十年分付與單棲。宣文縱可傳周禮，無奈空梁落燕泥。

箋曰：介眉於一九六三年喪偶，至是已十有二年。

倚席明時意不舒，聊從爾雅注蟲魚。卻憐寂寞懸車後，人海茫茫何處居？
曾期同老蔣山隅，知己比鄰興不孤。難踐綢繆舊時約，斜陽空自滿寒蕪。
榕城煙雨塞垣沙，悵望南天萬里家。即令罷歸無舊業，猶能飽飲建溪茶。

近事寄友二首

雲樹煙波路幾層，遠書歸計兩無憑。五風十雨三春病，萬木千山一點燈。獨恨難追錦囊句，未慚相問玉壺冰。明時倚席沾餘禄，早退恩榮已不勝。

箋曰：「未慚」句，雖用王昌齡《芙蓉樓送辛漸》詩，而託意則同符陳寅恪丈《贈蔣秉南序》所云：「默念平生，固未嘗侮食自矜，曲學阿世，似可告慰友朋。」非如王詩之自喻無宦情或爲己之不護細行辯解也。

黄卷青氈舊業荒，閒居逸興豈能長？奔洪暴雨侵茅屋，朗月清風隔粉牆。未許衰年怯幽獨，但餘孤詠立蒼茫。故人莫問新來病，那有當歸入藥方。

箋曰：余時牧牛沙洋。一九七二年春爲鬥牛所踏，折其距骨，因返武昌治療，越二年，仍去謫所，故詩有「當歸」之詠也。

優詔 二首

優詔從容下九天，養生喜得病來便。山林稍恨喧如市，詩酒何能散似仙？久客自傷歸老日，閉門終負著書年。午窗乍静渾無事，贏得虚堂一晌眠。

作賦傳經迹總陳，文章新變疾飈輪。拋殘舊業猶分俸，賣盡藏書豈爲貧？自昔聖朝無棄物，畢生心力誤詞人。從來雨露多沾溉，盛世欣容作逸民。

箋曰：祖棻以一九七五年奉命自願退休，而出語温厚若此。其雅量高致，遠非余之所能及也。

山居無俚，每有吟詠。友人來書，嘗以顧梁汾「詞賦從今須少作，留取心魂相守」之語相勸。新秋雨夕，感成此篇

殘書蠹帙已全拋，多病年年減沈腰。留取心魂亦何用，閒吟詞賦總無聊。烏頭馬角期空待，鹿駕牛衣夢轉遥。惟把秋光付離别，輕衾永夜雨瀟瀟。

新秋 五首

連朝風雨滿江城，便有蕭蕭落木聲。簟小裯單宜卧病，箋殘墨賸漫抒情。雲沈北雁書難至，秋到東湖水更清。徙倚長堤無限思，獨歸還傍短燈檠。

病久愁深意總違，沈沈遥夜倚虚帷。銀燈迴照塵箋疊，瑶席生凉遠夢稀。漢渚尚容人久客，秋風又

見雁初飛。季鷹當日真豪傑，一憶蓴鱸便自歸。

雨聲初送夜涼輕，秋熱重蒸向午晴。閒裏焚香心自靜，興來開卷眼能明。盤飧料理憑嬌女，詩札殷勤感友生。猶恨音書時阻滯，倚闌凝佇暮雲橫。

十載移居更遠城，經年閒廢閉柴荊。尚餘信使知名姓，爲有朋交問死生。世事不妨緣病懶，老懷猶得共秋清。晚來浴罷衣初浣，獨坐乘涼對月明。

蓮子嘗新薦玉甌，漫從瓜李問沈浮。十分秋色鳴蛩占，一夕西風故扇收。明月繞枝飛夜鵲，銀河隔水望牽牛。江城處處吹橫笛，浪闊天高莫倚樓。

疏慵

疏慵久已遠時名，垂老傳經世俗輕。十載生涯歸寂寞，百年歲月去崢嶸。文章合付祖龍炬，詩事寧期雛鳳聲。師友凋零親故隔，白頭閒卧武昌城。

箋曰：今日不惟麗則粗解吟詠，即其幼女雨燕亦能把筆學作五七言絕句矣。恨祖棻之不及見也。

寄千帆

一杯新茗嫩涼初，獨對西風病未蘇。人靜漸聞蛩語響，月高微覺夜吟孤。待將思舊悲秋賦，寄與耕田識字夫。且盡目光牛背上，執鞭應自勝操觚。

喜翔如自監利歸二首

孤村留滯久，緘札寄愁來。南徼家鄉遠，青春歲月催。忘年見交道，勤業亦清才。終入青錢選，襟懷一笑開。

芸窗辭硯友，君與麗兒同學。訪舊動經年。孤傲人皆怪，清醇我獨憐。湖橋望山色，燈几詠詩篇。莫悵歸來晚，朱顏曉鏡前。

中秋日雨夜晴，有作二首

佳節愁風雨，耽閒遠冷庖。團圓付離别，游賞隔朋交。嬌女無休沐，鄰家自酒肴。心魂暫相守，詩句莫推敲。

嫦娥亦幽獨，相望莫相哀。豈灑傷離淚，還傾對影杯。得窺金鏡滿，終喜碧雲開。餅餌前村買，猶餘老興催。

麗則偕婿游廬山，病中賦此爲别

送汝匡山去，香爐看瀑泉。清游八月暮，舊迹廿年前。腰腳難重健，情懷但欲眠。歸來記幽勝，説向枕帷邊。

箋曰：一九五六年夏，余夫婦嘗攜麗則逃暑匡廬，故有第四句。

代簡寄肇倉

名都容小隱，襟抱可能舒？節換應除病，閒多好著書。先知追白傅，生計念相如。天末飛鴻遠，因風問起居。

箋曰：白樂天大和九年十一月二十一日感事云：「禍福茫茫不可期，大都早退似先知。」此幸肇倉十年浩劫後即退休與己略同，蓋心有餘悸也。

友人詩札每有涉及少年情事者，因賦

鏡裏久銷殘黛緑，尊前偶賸醉顏酡。春風詞筆都忘卻，白髮攜孫一阿婆。

答萸蓀集宋詞作《浣溪沙》見懷四首

花前同按拍，樂事憶青春。談往情如昨，論心老更親。衰遲愁別久，離索賴書頻。佳句忙中得，殷勤寄遠人。

麗詞真集錦，深誼愧瓊瑤。病骨經秋瘦，吟懷得酒饒。君如雲自在，我共柳飄搖。何日追前約，煙波訪六橋？

一棹風波外，歸來静掩扉。每餐妻置酒，到季女裁衣。老學經筵重，新詞逸彩飛。故交重數遍，清福似君稀。

破屋愁零雨，無聊送有涯。酒杯輸逸興，詩筆減風華。多病身猶在，開函飯强加。東游盼來歲，春水趁歸槎。

憶昔七首

憶昔移居日，山空少四鄰。道途絶燈火，蛇蝮伏荆榛。昏夜寂如死，暗林疑有人。中宵歸路遠，隻影往來頻。

新居途未熟，微徑記朦朧。衣濕傾盆雨，傘飛卷地風。驚雷山亦震，横潦路難通。舉首知家近，殘燈一點紅。

載物車難借，猶欣釜甑存。青蠅飛蔽碗，雄虺卧當門。草長遮殘砌，泥深漫短垣。相看惟老弱，三户不成村。

市遠多艱阻，平居生事微。鄰翁分菜與，弱息負薪歸。挑水晨炊飯，臨湖曉浣衣。班行常夜值，誰與守空扉？

初到經風雨，從容未識愁。忽聞山瀉瀑，頓訝榻如舟。注屋盆争潑，衝門水亂流。安眠能幾夜，卑濕歷春秋。

客子常多畏，羣兒來近村。怒嘩朝繞户，飛石夜敲門。斫樹崩簷瓦，偷繩墮曝褌。秋風茅屋感，難共杜公論。

樵徑接漁村，不聞車馬喧。湖山何暇賞，朝會及時奔。踏雪天方曉，迎涼日已昏。全家猶健在，十載長兒孫。

箋曰：此七首皆紀實之作。朋輩讀之，莫不傷懷。蓋「文化大革命」既起，余家被迫自武漢大學特二區遷至小碼頭九區，其地乃舊蘇聯專家汽車司機所住之臨時建築，廢棄已久。遷移期限既促，又不許約人相助，且新居褊狹，亦難盡容舊有什物，輒思贈人，而無敢受者，無已，乃棄之門外，一夕皆盡。其可悲可笑如此。故第三首有「載物車難借，猶欣釜甑存」之歎也。

有所贈而不呈 四首

玄亭曾載酒，下士講筵陪。性拙疏新貴，情高重不才。論交終自遠，問病感常來。閒廢門羅雀，多君踏砌苔。

神方求海上，詭耗到江城。回首空餘涕，相疏悔不情。舊交深淺際，重見喜驚并。更作清游伴，湖堤步晚晴。

翰林踪屢接，別署意難疏。麈尾新經席，芸編舊石渠。暇觀瀛海集，喜讀古人書。同病投閒日，相過亦自如。便道嘗相訪，北窗高卧中。欲炊香稻白，還餽蜜柑紅。留約邀游侶，憐才及老翁。雨雲翻覆地，廿載仰清風。

箋曰：此贈徐鴻也。鴻，上海人，殷鐵銘妻，少爲紗廠女工，投身革命，解放後畢業於中國人民大學馬列主義研究班。曾主持武漢大學中文系黨總支及圖書館工作。現已退休。其人處左傾浪潮中猶能執行政策，故祖棻常與往還。第二首謂鴻赴滬就醫，曾訛傳其死耗。第四首「憐才」句，謂余以右派分子待罪中文系資料室，曾對圖書館工作有所獻替，而君采納之，在當時爲難能也。此詩，祖棻殁後，君始見之。

冬居雜詠五首

泥途車馬少，終日掩蓬門。密雨凝寒重，玄陰壓晝昏。殘年盼歸客，久病守孱魂。四壁孤燈夜，惟餘殘卷存。

驟寒連久雨，病怯大堤長。窗户猶依舊，湖山那可望。雪飛迷岫影，雲闊接波光。漫道幽居好，幽居亦自傷。

欣逢休沐日，一夜峭寒生。衝雪憐兒輩，迴風阻女嬰。挈瓶呈藥物，添菜作湯羹。裀褥新鋪草，殷勤慰病情。

霰雪連朝夕，蕭條歲向闌。擁衾新絮暖，開户朔風寒。高卧追袁易，扁舟訪戴難。故人勤著述，亦爲報平安。

新來慵更病，一食似高僧。静坐真如定，清言未有朋。沈陰垂四野，寒意逼孤燈。喜對紅爐火，茶瓶正沸騰。

印唐書來，謂將東游，約過漢相訪，喜賦三首

開札渾疑夢，歡悰寢更興。論文寒夜酒，話舊雨窗燈。惟望成行定，還期除病能。老翁歸有日，下榻待良朋。

十載音書絶，卅年離别餘。行程真可計，後約故非虚。夢繞梅開日，情温雪霽初。翻愁居遠市，供給少盤蔬。

登臨多勝境，雲樹映山光。唤棹湖當户，行沽酒滿觴。惟愁衰老日，難續少年狂。一面生前見，猶過書百行。

涉江詩稿卷四

海鹽沈祖棻子苾撰　閒堂老人程千帆箋

丙辰春，得焕明書，述止畺近況，因寄二首

緑遍江南柳萬枝，匆匆又是百花時。憐君埋首蟲魚注，開落繁香總不知。

病帷寥寂掩柴關，遥想鵷鸞尚列班。空住秣陵煙水地，卻無閒看六朝山。

箋曰：霍焕明，廣東番禺人，西南聯合大學畢業，孫望妻。在南京師範大學執教多年，已退休。

余既與千帆同獲休致，而小聚復别，賦此寄之四首

行客辭家去，飛花滿水涯。青春輕遠别，白首滯歸期。豈灑臨岐淚，空餘同穴悲。不堪芳草緑，扶病送君時。

偕老人空羡，何時共一椽？浮生消幾別，忍死待多年。孤燭巴山雨，行壚郢樹煙。誰知歸隱日，依舊隔雲天。

零香隨雨盡，冷落暮春時。衰疾難爲別，林泉儻可期。情防兒輩覺，愁賸故人知。離思臨風亂，河橋柳萬絲。

相期戒吟詠，卻復寫新篇。信有情難已，寧無意欲傳？殘編抛舊業，久病逼衰年。雷雨空山夜，孤懷託短箋。

箋曰：余以一九七六年春奉命退休，而名籍猶在沙洋，仍不能久稽武昌。後數月，始得蒙恩許返家與妻女團聚也。

春日偶成四首

沈陰永晝壓山阿，寒食清明次第過。萬樹繁櫻開旋落，一春夢雨峭寒多。

波藍石白水淙淙，雨過新陰翠色濃。獨恨繞湖堤畔路，不栽楊柳祇栽松。

芳訊慵探野徑微，病帷春晚意多違。何曾桃李花經眼，但見漫天柳絮飛。

荒坡溜雨草芊芊，曲徑春泥糝柳綿。天意似憐人卧病，野花開到小窗前。

嬌嬰四首

如雪櫻花映翠微，相攜佳客趁輕暉。嬌嬰未解尋春意，喜向山村買餅歸。
細雨輕寒春事微，野桃未放緑陰肥。嬌嬰忽地驚呼起，笑指堤邊胡蝶飛。
嬌嬰共傍長橋立，渺渺雲煙入畫圖。雙眼未經滄海闊，便將大水唤東湖。
小坐堤坳煙景妍，嬌嬰學語話綿綿。也知轉轂車行遠，家在東湖那一邊。

對月

碧海青天玉一輪，廣寒宮闕絶纖塵。月中仙桂香常在，斫樹攀枝各有人。

答問

舊譜新詞意久疏，傳經著論也成虚。偶逢年少來相問，村媪今年六十餘。

讀白匋喜逢俞五詩，有感聽歌舊事四首

如花美眷苦傷春，猶記游園一曲新。莫歎流年真似水，柳郎原是夢中人。
生死情鍾夢亦因，癡郎叫出畫中人。嘉榮老去餘音歇，場上笙歌已换新。
玉管金弦春復秋，梨園漫憶舊風流。江南花落重逢處，顧曲周郎亦白頭。

盛會吴趨俊侶邀，繞梁餘韻夜迢迢。同時踏月人何在？十載殘魂不可招。

箋曰：俞振飛，行五，蘇州人，昆曲演員。白匋詩云：「與子十年別，江南重看花。春衫裁白紵，日色散霜華。鵲報朝朝聒，鶯歌處處賒。應憐雙耳聵，端坐聽箏琶。」

既成前詩，追念白樺、銘延，悲不能已，因復有作二首

歌場殘夢付悲吟，鄰笛悠揚感更深。腸斷九原如可作，新詩寄與舊知音。

昔日詩筒每往來，今朝宿草有餘哀。吟成不盡盈襟淚，誰爲傳書到夜臺？

柳三首

翠竹清幽原絶俗，青松高古自參天。風流卻數垂楊柳，拂水臨風最可憐。

灞水橋邊傷別處，靈和殿裹憶人時。此君終是多情種，撩亂風前千萬枝。

未惜晴綿到處飛，迎歸送別自依依。武昌城畔新栽日，誰料江潭感十圍。

介眉遠惠書物，賦答十二首

愁緒綿綿數紙餘，十年歸計費踟躕。懸車倚席思量遍，且爲閒人作草書。

故鄉迢遞不成歸，絶塞冰霜親友稀。獨立蒼茫何限思，爲君老淚一沾衣。

弦歌難忘石頭城，歸老鍾山有舊盟。耆宿凋零知己死，卜居誰共遣餘生？

法書奇字與誰論，稽古空餘文物存。卻羨故人作村媼，米鹽料理長兒孫。

淅瀝幽窗冷雨侵，遠書重讀更沈吟。漫言偕老兒孫樂，病榻孤燈夜夜心。

老翁嬌女隔重雲，休沐相探音信聞。萬里夢魂飛不到，單身絶域更憐君。

少年聽雨對牀眠，兒女情多費錦箋。今日山中還聽雨，獨眠人老藥爐煙。

寒宵丸月照空山，遥想邊城暖未還。一樣凄清殘燭畔，君孤我病鬢同斑。

鳴雷新摘茶芽嫩，發篋初聞松子香。珍品遠來千萬里，道途未及故情長。

回首當時玉筍班，飄零生死淚潸潸。少年同學皆翁媼，難向秦淮破醉顔。

遥岑遠水望中賒，後約無憑足怨嗟。倚枕悲吟聊寄與，江郎才盡筆無花。

樓臺煙雨誇清景，楚水楓林感索居。欲把釣竿迎遠客，十年難得武昌魚。

箋曰：介眉無出，故詩中一再歎其羈孤也。

早早詩

張氏外孫女，前年尚襁褓。八月離母腹，小字爲早早。生辰梅正開，學名喚春曉。一歲滿地走，兩歲嘴舌巧。嬌小自玲瓏，剛健復窈窕。長眉新月彎，美目寒星昭。膚色異兩親，玉雪何皎皎。母云似阿婆，白皙人皆道。汝母生已遲，汝幼婆已老。惟餘雙鬢白，肌肉久枯槁。今日成老醜，昔時豈佼佼？汝獨愛家家，湖北方言呼外祖母曰家家。膝下百回繞。喜同家家睡，重愁家家抱。關心喚喫藥，飲茶試涼燠。分食與家家，兒自不嫌少。惟願快長大，爲婆洗衣襖。隨母休沐歸，相親復相擾。奪帚争掃地，脱衣喚洗澡。玩水瓶時灌，弄火鍋空烤。倒罐更翻籃，到處覓梨棗。帳竿當竹馬，手杖滿地擣。凌空學雜技，一跌意未了。嚇人裝老虎，怒吼勢欲咬。打狗踢苕猪，不怕舞牙爪。偷攀自行車，大哭被壓倒。婆魂驚未定，兒身痛已好。一晌轉安静，向人索紙稿。移凳伏書桌，畫魚又畫鳥。積木堆高低，皂泡吹大小。三餐端正坐，家家喂飯飽。飲河期滿腹，美饌視藐藐。不喜著新衣，敝服曳緇縞。阿母責頑劣，此語使兒惱。鷄鷄不洗脚，上牀胡亂搞。狗狗不睡覺，半夜大聲吵。我是最乖兒，家家好寶寶。外祖遠歸來，初見話瑣瑣。明朝更相昵，爺爺膝上坐。挽頸因摸鬍，抱足還撫髁。家家抱不動，爺爺可抱我。推車買牛奶，遞刀削蘋果。爺爺喂鷄鷄，早早喫鷄卵。爺爺燙痛手，早早不近火。爺爺睡高牀，小心翻身墮。共爺嬉戲多，向婆提問夥。表情萬態殊，表聲衆音哆。驚歎疑問號，諢名固自妥。爺爺回沙洋，早早意謂叵。今夜爺爺走，門由我來鎖。不見爺爺面，常喚歸來可。生小愛交游，門前解迎客。一見笑相呼，未嘗感跼蹐。爺爺與奶奶，阿姨共叔伯。但辨年貌異，不管輩分隔。拍牀請客坐，指茶叫客喫。每見小友來，糖果多讓客。客來逢新正，恭喜學拜揖。問之道姓名，竪指示歲月。客去知相送，慢走防傾跌。再見屢揮手，來玩趁空隙。舉家多粗疏，兒獨禮無缺。鄰里皆愛憐，纔去問歸夕。兒性卻開朗，來去任倏忽。縱教三宿留，不作桑下惜。臨别告家家，好好多休息。别後想家家，一日幾回説。時時對像片，家家叫不歇。歸來卻歡喜，依依傍肘腋。相攜看大水，東湖連天碧。沿堤采野花，向波投小石。笑指胡蝶飛，喜看高鳥擊。回家插瓶花，欣賞動顔色。有時墮甑破，闖禍前請責。家家憐不撲，舉手自撾拍。暫留伴家家，不隨父母歸。鄰人來相問，家中有阿誰？爸爸在廠裏，媽媽值班期。爺爺放牛去，家家是老師。因取眼鏡戴，一册兩手持。爲摹看書狀，迂腐誠可嗤。兒勿學家家，無能性復癡。詞賦工何益，老大徒傷悲。汝母生九月，識字追白傅。少小弄文墨，勤學歷朝暮。一旦哭途窮，迴車遂改路。兒生逢盛世，豈復學章句。書足記姓名，理必辨是非。毛澤東思想，指路路不迷。但走金光道，勿攀青雲梯。願兒長平安，無災亦無危。家家老且病，難見兒長時。賦詩留兒篋，他年一誦之。

箋曰：舒蕪兄爲祖棻創作選集作序，對此詩有精闢之評論，文繁難録，幸覽者參閲之也。

欲雨

疾風驅雷繞峰前，敢望新涼枕簟便。屋漏盈庖妨早膳，山洪衝户損宵眠。翦燈遥夜歸期杳，聽雨虚堂舊夢闌。唯有藥方能解意，當歸不用用黄連。

哭孝章，因寄君惠四首

卅載傷離意，何曾積愫傾。方欣留後約，頓痛隔今生。老眼將枯淚，遺書未盡情。澆墳一杯酒，猶恨阻重城。

折臂猶相憶，左書遥贈詩。平生空有願，一面竟無期。孝穆應同哭，蘭成未得攜。楓林千里暗，魂夢兩迷離。

箋曰：李義山《聞著明凶問哭寄飛卿》詩云：「何因擕庾信，同去哭徐陵。」此亦以徐比陳，庾比劉也。

年少多歡樂，相逢易結朋。按歌横玉笛，製謎帖春燈。錦里同游慣，青溪共醉曾。黄壚重過日，和淚酒成冰。

縱酒狂還狷，披懷曠更誠。魂惟憑夢見，淚欲借江傾。寂寞關河信，杈枒肺腑情。夜臺難問訊，此意未能明。君答余寄懷詩，有「嵇公餘習原非懶，肝肺杈枒別有情」之句。

錦城懷舊，寄諸故人六首

踪迹雖陳涕淚新，草堂花市夢如塵。元龍已殁千巖病，老卻城南舊主人。

箋曰：此首屬劉君惠。君惠感懷身世，自傷情多，每作唐衢之哭。「元龍」謂孝章，「千巖」謂印唐，皆切其姓氏也。君惠舊住成都城南光華街其外舅馮翁宅，余亦因之賃廡其間，已見前。

老去豪情氣若雲，褰裳横渡孰如君？成都舊侶今誰健？惟有風流殷仲文。

箋曰：此首屬殷石臞。石臞出游，每遇淺溪，輒褰裳而過，有如昌黎《山石》所云「當流赤足踏澗石，水聲激激風吹衣」者。

孫郎依舊客金陵，抱病讎書氣益增。仙侶同舟下三峽，花前一醉老應能。

箋曰：此首屬孫止畺。止畺時方大治《元和姓纂》及元次山、韋蘇州集。「仙侶」句，憶其伉儷抗戰勝利後東下事。

高生投老絶交游，拋盡詩筒與酒籌。蜀水吴山懶回首，吹臺獨上古中州。

箋曰：此首屬高石齋。石齋久客夷門，頻年閉關，罕接人事，蓋其慎也。

亂離重見在天涯，病起旗亭日易斜。白石新詩傳白下，猶憐同看錦城花。

箋曰：此首屬吴白匋。白匋時方病起，有與祖棻倡和五律，見前。

衰草黄花詞客死，仲宣公幹謝詩名。舊時東序諸年少，白髮新來有幾莖？

箋曰：此首屬從游諸子。「天粘衰草」，秦少游《滿庭芳》句，「人比黄花瘦」，李易安《醉花陰》句。楊國權詞學少游，宋元誼才追易安，故以比之。「仲宣」謂王淡芳、王文才，「公幹」謂劉國武也。參前《歲暮懷人》詩。

地震

燕京蜀道少桃源，次第名城警報繁。四海龍蛇驚地震，一椽風雨感天恩。山川遠近關心目，親故安危繫夢魂。西顧東游還北望，新愁舊約莫重論。

箋曰：時訛言將有地震，波及甚廣，後卒無事。

客歲中秋，千帆尚居沙洋，余嘗賦詩二章寄示蟄存海上。今歲中秋，千帆已返。蟄存書來，謂當爲詩志喜，因復成長句寄之

書來何止報平安，離合關心墨未乾。猶喜流輝千里共，那堪游興一時闌。酒杯聊對清光滿，衰鬢還驚白露溥①。爲説空山明月夜，獨看雙照總無歡。

答肇倉自鄭州返北京後來書

每因慵病日，遥想倦游人。開札餘驚在，離居永歎頻。挂冠同謫宦，籠袖羨嬌民。閉户書能著，從多京洛塵。

箋曰：肇倉以避地震，薄游河南，旋復返京也。

衡如師來書問訊諸故人，有作

風霜北國早驚寒，秋晚江南楓葉丹。海内知交殊進退，天涯相望各悲歡。班行想逐羣僚集，著述猶披萬卷殘。卻笑漢皋衰病客，東湖偕隱羨漁竿。

九日

佳節登臨興已殘，閉門卧疾失清歡。龍山人老空吹帽，虎阜鄉遥漫挂冠。那有白衣來送酒，更無黄

菊對凭闌。避災稍勝京華客，高枕方牀夢自安。

箋曰：右派摘帽，時人或以爲仍是右派，所謂摘帽右派是也。故有第三句。

答印唐來書，兼示君惠

遠札開時意惘然，眼中二妙隔山川。曾圓幾度西樓月，空過千回下水船。盛世歡游猶避地，浮生離合豈關天。老懷餘興能多少，約到東風又一年。

威克、麗則夫婦攜雛侍余及千帆游湖心亭

湖亭遥在水中央，輕轂環堤載酒漿。一路新松疑滴翠，千山老桂暗飄香。晴波浩蕩隨人遠，野色蒼茫引興長。病起自誇腰腳健，更登高閣賞秋光。

淡芳、文才數惠詩札，賦答四首

坐閱滄桑幾變更，多君問訊到江城。閉門歲月書難著，倚席浮沈意久輕。何處文章留舊價？餘生温飽頌王明。隨人漫作蟲魚注，不及煙波鷗鷺盟。

煙斂晴湖静不波，朝來晞髮向陽阿。渾忘淵内魚堪羨，卻喜門前雀可羅。昔日少年憐共老，當時耆舊漸無多。暮遲差幸容疏懶，那復敲壺發浩歌。

優游空自説林泉，遠市人歸晚照偏。瑣屑米鹽消日月，飛騰意氣付雲煙。殘編斷簡抛身外，嬌女雛孫慰眼前。惟有舊游忘未得，相期杯酒待他年。

數紙清詩反復看，舊愁新夢感無端。難邀佳客空懸榻，多誤迂儒喜挂冠。蔬食聊爲今日計，荷衣自耐九秋寒。經筵釣石能隨分，萬里江山放眼寬。

漫成 六首

三户低簷接廢垣，十年寥落住荒村。後生末契終難託，前輩殊知總負恩。講席朝班謝鵷鷺，慵眠飽飯伴鷄豚。相聞深愧同時彦，遠枉佳章到蓽門。

山中榮謝亦愁看，春草方生秋葉殘。歷歷悲歡沈萬念，堂堂歲月付三餐。近難罟户分魚蟹，遠向名都市碗盤。辛苦泥爐留宿火，連朝曉枕怯新寒。

早市争喧肩背摩，新蔬侵曉已無多。旗亭索膾縱横隊，山路輿薪上下坡。病媪當簷親曬藥，老翁補屋自牽蘿。閒居卻有勞生歎，數卷殘書奈爾何。

刀俎常閒牘火凉，加餐强飯費商量。遥山近水當窗見，曉日殘陽入市忙。列肆行來盤榼罄，後門開處餅糕香。何如飽飲東湖渌，猶勝逢辰覆酒觴。

紅爐薪炭冷頻添，執爨行吟未得兼。肉食難謀聊去鄙，菜根能咬豈爲廉？城中何處尋薑桂？厨下新來足醬鹽。披氅尋梅無逸興，雪花散作雨纖纖。

歡聲重聽九衢謳，眼底滄桑六十秋。回顧時流成僥倖，相看同輩得優游。青山到處通樵徑，春水全家上釣舟。浩蕩新恩容卒歲，豚蹄斗酒自爲酬。

箋曰：此詩前五首詠「文革」後期民生之困，末一首則寫「四人幫」覆滅後之心情也。「回顧時流成僥倖」，所感深矣。此句亦即或人所謂活著就是勝利，然語特微婉。

國武寄示新作套曲，並告以將於春節邀淡芳、文才共謀一醉，聞之神往。因呈長句，兼示二王，用堅其他日東下之約

羣賢佳節醉江樓，詩酒天涯難共酬。西嶺梅開春可寄，東湖月朗水空流。劉楨此日傳高唱，王粲何時作遠游？郢樹蜀山相望處，聊憑書札慰離憂。

一晌

一晌凭闌對落暉，漢皋久客意多違。蒹葭霜冷人何在？楓樹江寒魂不歸。南浦綠波長怨別，北邙翠柏漸成圍。十年多少存亡感，豈待牛山淚滿衣。

濟侄于役威海，將返瀘州，過漢小聚又言別十首

遠函先報喜，連日倚門闌。客至因書識，村遥訊路難。欣欣動顏色，草草具杯盤。一晌何從語，親

朋各問安。

繞道金陵渡，風帆兩日行。幾回憩山石，初次覽江城。途路艱辛處，筐筐負荷情。解包陳果餌，稚女縱歡聲。

屋小堪容榻，塵多漫掃扉。鄉音猶彷彿，舊貌認依稀。江漢長爲客，巴渝竟當歸。相看無限喜，何事欲沾衣？

相逢非舊里，卅載歲時深。小阮賢猶昔，休文病至今。同爲他縣客，一話故園心。未覺良宵永，清寒漸不禁。

北渚寒方厲，邀游地復偏。煙波繞湖路，風雪渡江船。杯水旗亭下，盤飧陋巷邊。遍城難覓醉，歸飲隻鷄前。

良會逢元日，同歡薄酒前。雛孫疑祖輩，幼妹近中年。談往如春夢，臨流歎逝川。抱持更兩代，喜汝未華顛。

四鄰人語寂，燈暗夜遲遲。共話經桑海，重論雜喜悲。長征欣汝健，多忘歎吾衰。後會知何處？沈吟看鬢絲。

總爲儒冠誤，愁來每自寬。風霜雙鬢改，憂患一家安。且盡傾杯樂，何須秉燭看。新來能强飯，不用勸加餐。

殷勤問起居，生事復何如？丘壑心原足，簞瓢俸有餘。別來千里夢，時寄數行書。已作東游計，清和待夏初。同堂嬉戲地，喬木賸殘枝。童稚成衰齒，親情似舊時。乍逢還易别，重見更難期。羡爾心猶壯，誰能泣路岐？

箋曰：沈壬憲，小名小濟，祖棻堂兄楷亭先生之季子。久任四川瀘州天然氣研究所工程師，已退休。

答肇倉惠寄詩札四首

消息疑難定，平安喜有餘。每憂鼇動地，多謝雁傳書。北望愁何極，南歸可自如？長卿徒四壁，因念賦閒居。

關山勞遠夢，感激誦新詩。巢幕終愁燕，支牀豈用龜。人傷年老日，珠記夜光時。應許憐同病，臨風有所思。

京華傳警日，閒雅想風儀。妙達莊生旨，長吟白傅詩。數行容我懶，一面識君遲。上國觀光意，蒼黄未可期。

一朝清海宇，垂老慶升平。聖代雖招隱，儒冠總累名。全身思退早，傳世待書成。浩蕩滄波遠，相期鷗鷺盟。

千帆致書肇倉，自比退院僧。來札因告以劭老昔在隴上，嘗戲署所居曰土地堂，謂終日惟公公婆婆相對也。輒呈小詩，以爲笑樂四首

廢院荒壇土地堂，公婆相對總淒涼。不應偶象還崇拜，慚愧他年一瓣香。
退院高僧德罕儔，老尼成佛要清修。不持戒律逍遥處，土地公婆占上頭。
闃寂叢祠過客稀，靈風夢雨得同歸。歲時猶享雞豚供，聖女神孫一款扉。
香案神龕自避風，公婆安穩坐當中。祇愁誤作龍王廟，更被春來大水衝。

箋曰：黎錦熙，字劭西，湖南湘潭人，曾任蘭州西北師範學院教授，已故。肇倉其侄女夫，嘗與共事於該校也。

歲暮漫興

橋無人迹渡舟横，冰合東湖萬頃平。寒到江城春已近，雪漫山野夜先明。花開沽酒迎佳客，風暖揚帆作遠行。稍喜歲除人病起，安排良會計游程。

奉和蒹葭新詩，兼答石臞來書，因寄白匋、止畺二首

新詩邀舊侶，佳約屢商量。山左花將發，江南草正芳。何妨垂老日，重理少年狂。共醉鶯啼處，繁香覆酒觴。

江海多年別，相期作勝游。篇章傳北徼，問訊到青州。日出隨行轍，猿啼送過舟。金陵東道主，詞客舊風流。

印唐自寧返渝，過漢見訪，小聚復別

乍見還輕別，重來客路賖。無情武昌柳，舊賞錦城花。春水歸帆遠，離愁病枕加。秦淮良會近，西望一長嗟。

寂寞

寂寞清明後，離居惜歲華。殘燈猶把卷，餘火偶煎茶。小枕聽春雨，閒衾夢落花。朝來望庭樹，已覺緑交加。

丁巳暮春，偕千帆重游金陵，呈諸故人十八首

春來如社燕，舊約誤年年。江漢水相接，楚吴山自連。卜行寒食節，共醉杏花天。惆悵牽塵事，煙波望去船。

別久相逢近，臨行復緩程。林花恐零落，風雨過清明。春色留江夏，雲山望石城。揚靈三月半，猶趁亂飛鶯。

卌載年光速，兼旬日影遲。暮雲江自遠，流水意先馳。傳語春相待，來看花滿枝。倚裝新病起，不用酒盈卮。

春江當午發，老幼自扶攜。極望鍾山遠，回看漢渚移。乘風知浪急，飛夢覺舟遲。失喜逢親故，石城繫纜時。

東湖偕隱客，乘興下金陵。遠約尋春伴，真如出定僧。花開舊游地，人老少年朋。秉燭歡難盡，休辭病未能。

經歲相期久，音書數往還。不辭千里駕，來看六朝山。霜白侵衰鬢，春紅上醉顔。何須論仕隱，盛世暫偷閒。

十年天竺路，舊迹記依稀。暮色方籠樹，歡聲乍啓扉。繁花迎遠客，春雨濕征衣。兒女陳盤盞，語餘燈影微。初到時飯於止畺家。

重到棲遲地，苔牆認舊痕。談經逢老友，引吭鬧雛孫。風雨春游阻，弦歌講舍存。徐公在城北，朝夕供盤飧。寓師範學院招待所，距士復家極近。

夢窗舊詞侶，老去更無愁。腰腳勝游歷，篇章壓輩儔。黃山他日客，白鷺昔時洲。茗坐忘歸晚，斜陽下小樓。白匋説詩白鷺洲，並言其黃山之游。

尺素懷難盡，相逢哀樂并。盤飧勞遠致，杯酒喜同傾。大厦驚人技，長宵待客情。張公老能健，百級抱孫行。拱貴約飲後，復同至五臺山體育館觀表演，並爲抱外孫女早早也。

重見三年別，相看卌載情。故人多老健，此會足平生。話舊西窗雨，遥期北渚櫻。湖邊重喚棹，沽酒待新晴。

芳時名勝地，無計著游踪。行潦褰裳濕，凝寒覆被重。話深春夜雨，睡足暮天鐘。亦恨年來病，濃香負酒鍾。

勝地羣賢集，嘉賓海上來。啓華約飲北苑，蕘蓀自上海來會。春陰白門柳，鮮鯽後湖杯。北客方多病，介眉卧疾哈爾濱。巴人去不回。印唐先至，已而復去，不克相晤。清游幽興極，念遠一低徊。

生死悠悠意，滄桑事萬端。故居悲數過，遺詠忍重看。調公出示白樺遺詩。强盡盈觴酒，聊爲滿座歡。時清君不見，聞笛更心酸。

莫歎諸公老，芝蘭滿玉墀。閈華皆好女，卓犖羨佳兒。北體銀鈎勁，啓華女小環能書北碑。南枝鐵骨奇。止畺子原安善畫梅。清聲雛鳳繼，千里更相期。

首夏猶留滯，秦淮未暢游。仲文期屢失，石臞擬自濟南來晤，數延期而終不果命駕。梁孟約難酬。蟄存伉儷已告來寧行期，仍以事作罷。求藥愁孫病，裁衣爲女謀。此行堪自笑，花酒一春休。

倜儻青衿舊，蕭疏緑髮斑。鵷鸞雲路遠，鷗鷺海天寬。進退非殊趣，行藏各自安。老來逢治世，拭目喜同看。

風雨隨春去，晴山展翠眉。良辰傷近別，後會老難期。明月愁千里，垂楊恨萬絲。加餐愛光景，共樂太平時。

題原安畫梅

萬樹繁花簇早春，豈從疏冷寫風神？而今畫苑開生面，喜見才人一代新。

①「溥」，底本作「團」，據《涉江詩稿》油印本、一九七六年十一月十一日致蕭印唐書、《涉江詩》改。

涉江詩稿跋

子苾既殁彌月，余蟄居斗室，悽愴無憀。輒思理董其遺著，聊以抑哀思，慰逝者。乃先取其詩鈔之。子苾席芬先德，自小能文。洎入南雍，受業於汪寄庵先生之門，深受激賞。遂從先生專攻詞學，卒以倚聲名海内，而頗少爲詩。間有所作，亦不甚收拾。壬癸以還，倚席不講，始時爲今體，用消永日。今略加編次，並其早歲所存如干篇，釐爲四卷，共四百有二首。將謀付印，俾永其傳。其爲人深於詩教，温柔敦厚，淑慎堅貞，篤於親，忠於友。平生行事大略，皆見之於吟詠。固不獨才情妍妙，文藻秀傑，爲間氣所鍾已也。覽者當自得之。丁巳中秋，閒堂跋。

補遺

清平樂

瘦梅先生索題

盈囊新稿，省識高難飽。剗地胡塵渾未掃，忍憶唐宮春曉。　傷心父老中原，託根漫惜幽蘭。孤負宣和畫筆，相看賸水殘山。

編按：輯自韋力先生所示册頁之一。落款鈐白文印「漂泊西南」，知作於一九三八年至一九四六年間。

渡江雲

戲贈印唐

江樓殘燭夜，暮潮乍急，有客暗消魂。酒醒春已遠，約略煙鬟，化作夢中雲。巫峰十二，自商量、細雨黄昏。空賸有、香囊羅帕，猶是舊時薰。　輕分。驚鴻去後，社燕來時，阻重簾音信。分付與、吟箋賦筆，難寫深恩。登臨不盡新亭淚，怕荀郎、閒事傷神。相見日，消愁爲倒芳尊。

編按：輯自《國立中央技藝專科學校校刊》第四期（一九四〇年），筆名「涉江」。

卜算子

題大千畫峨眉圖卷

空谷閟幽奇，列岫鍾靈秀。載酒峨眉最上層，誇説神仙偶。　煙雲腕底生，丘壑胸中有。咫尺西來欠一游，展畫沈吟久。

編按：輯自《中華樂府》第一卷第四期（一九四五年）。

浣溪沙

蠹紙經年句懶賡，春風秋月掩重扃。人間猶有未忘情。　蓮子枉教裁作藕，柳花何惜化爲萍。不成沈醉更難醒。

編按：輯自《雍園詞鈔》（一九四六年鉛印本）。

闕題（和胡小石詩）

古調空憐弦上音，十年春夢不勞尋。世間多少悲歡事，誰共西窗話素心？

編按：原無詩題。輯自《吴梅日記》甲戌年十一月初七日（一九三四年十一月十三日）條，謂：「午間沈生祖棻來，示我小石一詩，亦七絶，殊佳。飯後戲和之……祖棻和云……」

大場既陷三月，滬湘音問始通，芳妹書來要余浮海辟居租界，賦答五首

一別隔生死，何由問後期？幾家完骨肉，萬里念安危。天醉胡塵暗，烽高雁字遲。得書非夢寐，開札漫驚疑。

徂歲多陰雪，逢春怯轉蓬。鄉情不可問，歸夢有時通。暴骨浮江白，名城挾燒紅。新亭如有淚，無地灑東風。

十載長安客，傷心望帝京。劇憐家國破，賸覺死生輕。復楚從三户，偕亡愧此情。王師何日北？留命待澄清。

歸鴻來海上，相顧意如何？此地楚臣死，隔江商女多。清湘沈古怨，玉樹愴新歌。拚作從今別，迴車不忍過。書云滬地淪陷後，租界繁華視昔尤甚。

把箇沈吟久，關情唯汝親。無家與離別，何適謝兵塵？溝壑欣王土，江城入舊春。結茅資水上，吾自樂清貧。

編按：輯自吴永勝先生所示鈔稿殘葉，亦見於贈石蓀先生（葉麐）之鈔稿，題作《大場既陷三月，滬湘音問始通，舍妹書來要余浮海避居租界，賦答》。大場於一九三七年十月二十五日失守，此蓋作於一九三八年一月末。

印唐由北碚以詩寄懷並約往游，賦此爲報

淚濕青衫舊酒痕，詩書猶得守心魂。白門回首千林隔，賸水殘山夢不温。

客中多病怕登臺，喜得新詩助酒杯。苦憶縉雲山色好，清游留待遠人來。謂千帆不日西上。

編按：輯自沈祖棻散存詩稿。詩稿圖片刊於《傳記文學》二〇二〇年第四期《黄鶴迎春申契闊——小記一九七七年蕭印唐武昌過訪沈祖棻夫婦》。亦可參見《印唐存稿》，标为「己卯（一九三九年）」。凡四首，餘二首參見《涉江詩稿》卷一《答印唐見寄》二首，文字略異。

闕題

悲涼生事亂離年，巫峽湘波路幾千。沽酒待君同一醉，昨朝新得典衣錢。

編按：輯自一九四一年三月二十一日致孫望書。

闕題

辛苦移家錦水西，相鄰不意故人疏。竹林游罷歸來日，爲向柴門一駐車。

編按：輯自《印唐存稿》，附於蕭印唐詩《依韻成句心祭子苾姉》，末小字注云：「沈子苾昔在蓉（一九四二年）嘗以詩見招云……」

有懷吴門

一別姑蘇不自由，金陵舊侣話前游。那堪孤棹斜陽外，卻對龜山憶虎丘。

幾日新寒獨掩關，蕭蕭落葉滿秋山。相思不見臺城柳，何況閶門屋數間。

前年共惜別蘇州，更奈離居獨自愁。江水好爲流夢去，從來楚尾即吴頭。

編按：輯自《沈祖棻詩詞研究會會刊》十、十一合集手迹圖片，凡四首。其四參見《涉江詩稿》卷一《銘延、白樺書來念蘇州舊游，賦答》，文字略異。

山居病甚，寄石臞曲阜，啓華、拱貴金陵

齊魯荆吴各一涯，離居不覺鬢成絲。風號山木寒來早，霜冷江天雁到遲。多病未愁泉路近，有情終與故人期。東湖夕照秦淮月，待唤游船載酒卮。

寂寂閒門長緑苔，瘦筇風帽暫徘徊。相憐吾輩天涯老，不見孤舟江上回。著述君猶豪氣在，登臨誰與好懷開？舊游零落休重數，愁絶空山賦八哀。

得彦邦書及近影，賦寄

當時裙屐盡翩翩，同學班中最少年。展影忽驚君老瘦，不知對鏡已華顛。

交游經歲斷知聞，緘札殷勤賴有君。欲説別來無限事，幾回擱筆對斜曛。

編按：右四首輯自一九七三年一月二日致王淡芳書。

寄淡芳成都，兼問國武

當日詩名屬少年，王劉翰藻繼前賢。衹今對酒揮毫處，老去新篇孰與傳？
一别成都三十秋，草堂花市記前游。文章舊業飄零盡，相望江湖各白頭。

既答四篇，復戲媵一絶

老懶心情衹自知，怕尋細律綴浮詞。新篇帶有東湖水，寄與騷人洗惡詩。

編按：右三首輯自壬子嘉平月致王淡芳書。

山居近事

鉛華絲竹已全删，賸有風光伴客閒。不道坡前起新屋，當窗遮卻舊湖山。
無限風光去不還，眼中湖水夢中山。差堪娱老天猶妬，收拾閒情且閉關。
自知心力逐年衰，倦把書編懶舉杯。老病關心親友在，連朝藥裹遠郵來。亦包括君之醫案藥方在内。
懶隨兒女趁□光，休沐新正暫舉觴。陰雨吟詩晴曬藥，近來□□□偏忙。

編按：輯自一九七三年二月二十三日致王淡芳書，略殘缺。

七律三首（闕題）

腐儒衹合守重闡，卻遣文章更細論。敢向黌門樹桃李，閒看村落長鷄豚。深慚斷簡蟲魚注，難答明時雨露恩。稍喜典型諸老在，新來絳帳道能尊。數年前曾執司闈之役，故有首句。

臨風曳杖立柴門，極目清秋對緑原。遇雨未教增暮色，晚晴豈必近黄昏？偶遇年少翻芸帙，卻羨鄰翁灌菜園。縱令幽居無客至，每逢佳節一傾尊。

夢回簾幕映朝暾，宿雨初晴鳥雀喧。懶爲盤飧趨遠市，閒攤書卷閉重門。青春兒女完婚嫁，白首親朋繫夢魂。尚有湖山供嘯傲，不妨隨分住漁村。

編按：輯自河北教育出版社《微波辭（外二種）》（二〇〇〇年）致王淡芳之一附録三。

拋書二首

拋書人意倦，何計敵新痾。坐久清寒重，眠驚噩夢多。藥杯聊當酒，電匣且能歌。所願明年健，輕帆泛緑波。

嬌女將雛去，誰同守夜窗。月中人亦獨，燈下影成雙。舊約期難準，新方病未降。霜履楓葉落，歸思在吴江。

編按：輯自《閒堂書簡》（增訂本），附於程千帆致劉國鈞書，程千帆手録二詩。

闕題

縱佩茱萸豈避災，重陽廿度不銜杯。今年空望龍山會，依舊秋風菊未開。

編按：輯自一九七四年十一月一日致王淡芳書。

歲暮寄閒堂

一燈風雪夜，兩地歲寒時。傷别多因病，傳書每論詩。河清終有待，頭白誓相期。會向龍山見，歸來莫恨遲。

編按：輯自一九七五年一月三十一日致王淡芳書。

闕題

東湖風物與人宜，嬌女攜雛侍酒卮。乍見晴光波勝錦，最憐新緑柳初絲。遠書猶約花開日，殷孟倫先生前有書來，約春暖花開時來漢相訪同游，恐因事不果來矣。遷客難留春好時。稍喜芳游逢病起，聊將佳景慰臨歧。

編按：輯自一九七五年四月十二日致王淡芳書。

得印塘書卻寄

一時舊好幾人存，難遣巫咸叩帝閽。愁絶思君更西望，巴山猶有未歸魂。

編按：輯自一九七五年四月十七日致萧印唐書，原信稱「印塘」。凡十首，此首爲其五，餘九首參見《涉江詩稿》卷三《得印唐書，卻寄》，次序及文字略異，末增「聞道沱江」詩。

湖畔雜詠

飄飄衣袂拂涼颸，獨步長橋有所思。日落不辭歸去晚，聽風聽水立移時。

編按：輯自一九七五年八月七日致萧印唐書。凡四首，此首爲其四，餘三首參見《涉江詩稿》卷三《湖橋》，文字略異。

山居近事，賦寄故人

一春猶自步攲斜，連日匡牀掩帳紗。不惜投閒消歲月，那堪抱病作生涯。東游期在舟難買，北國書來飯可加。卻憶故園風味好，并刀如水破冰瓜。

詩札堆牀懶未酬，明窗筆硯暫時收。縱鋪冰簟難成夢，欲近銀燈且待秋。百犬吠聲花影動，千蚊成市艾煙愁。朱門空鎖閒風月，面對高牆類楚囚。

居處四鄰稀少，皆早睡。余獨愛遥夜燈窗把卷。

屋後高山深林，每遇暴雨，山洪奔瀉，時有泛濫之患。舊屋兩間，面山對湖，日出星沈，當窗可見。夏夜屋外納涼，則明月高照，清風徐來。近鄰忽擴圍牆，更起朱樓，湖山風月，悉被遮斷。而建樓亦不成。

編按：輯自一九七五年八月七日致蕭印唐書。凡四首，此二首爲其三、其四，餘二首參見《涉江詩稿》卷三《近事寄友》，文字略異。

賦答淡芳

錦城回首感流光，相望天涯鬢漸蒼。猶愛苦吟耽舊業，每憂老病寄良方。他年一面相期久，遠道千書故誼長。尚有東湖好風月，待君雪夜訪閒堂！

近事偶書

柴門長閉砌生苔，卻喜詩筒日日來。蜀國篇章爭藻翰，江南詞賦費清才。瓊瑶恰似交情重，珠玉能令倦眼開。自笑雨窗還寄北，待吟新句更傾懷。

久病初愈，忽又得疾，鄰人謂余尚可支持，必能壽過七十，因成此篇

燈火明時開舊卷，湖山佳處寄閒踪。區區几案粗能浄，草草杯盤强自供。但使衰年堪料理，不求高

壽到龍鍾。無端一夜添新病，九月寒衣尚未縫。

再病有作

漠漠陰雲四野荒，薄寒凝露未成霜。加餐逢節魚陳市，妨睡連宵鼠繞牀。扶病强炊新稻粥，添衣怕檢舊笱箱。朦朧午夢憑高枕，冷雨敲窗清晝長。

乙卯重九（10月12日）

山居不用更登高，懶插茱萸歎鬢毛。漫想菊開堪對酒，但餘詩俗可題糕。風前落帽人何處？老去逢辰興不豪。遥憶江南風物美，東籬應有客持螯。

編按：右五首輯自一九七五年十月十三日致王淡芳書。本首下附言：「區區」二字似不好，屢思不得佳者。「風物美」重上「風」字，改爲「饒節物」是否好？或任其重？二字意尚不犯，望代斟酌。

賞菊歸來，偶感寒疾，因賦

寒疾朝愁起，泥爐宿火銷。老翁他縣隔，嬌女一城遥。藥碗憑誰問，羹杯懶自調。端居閒卧病，回首愧漁樵。

編按：輯自一九七五年十二月十七日致王淡芳書。

冬日山居雜詠

早起寒侵袖，開帷雪漸飄。病多難料理，歲暮更蕭條。廢食閒塵甑，無人倚石橋。圍爐兼擁被，晨夕亦逍遥。

風雪泥途阻，閉門水一涯。朝盤添野菜，夜盞喜清茶。牀暖新禾草，衣寒舊絮花。重衾眈午夢，庭院静無嘩。

病較聊閒坐，新愁反自饒。年侵羈容老，寒襲女孫嬌。雨雪衣難寄，飴餳望亦遥。一堂何日聚？歡笑度長宵。

一室圍爐坐，無營意自寬。炭薪初積竈，蓿苜尚堆盤。嬌女因風阻，衰翁隔雪寒。不因多疾病，亦未感幽單。

陰積山餘雪，寒凝夜有霜。病多沈睡少，夢淺短宵長。掩幔遮涼氣，迴燈替月光。何時開霽色，早起向朝陽。

春病秋難較，一冬多卧牀。親朋疏信札，兒女作羹湯。千里望鄉遠，孤燈覺夜長。待看楊柳緑，健步趁韶光。

編按：輯自一九七五年十二月十七日致王淡芳書。凡八首，其一「泥途車馬少」、其六「新來慵吏病」參見《涉江詩稿》卷三《冬居雜詠》，文字略異。

聞千帆將休致，賦此寄之

容易歲月暮，空山夕照沈。青春隨夢去，白髮逐年侵。那得長生藥，難爲久別心。歸來定何日？尊酒共清吟。

編按：輯自一九七五年十二月十七日致王淡芳書。

重寄二首

寂寞衡門下，閒階生綠苔。米鹽重自理，襟抱向誰開。到岫浮雲住，投林暮鳥回。雛孫望去路，猶喚速歸來。

宿疾新稍減，藥茶勤自煎。殘燈擁卷夜，晴日曝衣天。歸栅鷄無恙，添薪竈有煙。平安堪作報，客裏莫愁牽。

答萬蓀、白匋、自强，問印唐東游行踪，兼示印唐

寒梅開日約同行，飛盡楊花闕寄聲。黄埔秦淮頻問訊，布帆未到武昌城。

豪情欲理少年狂，便買扁舟出故鄉。漫憶當時湖海氣，天涯老病各相望。

編按：右四首輯自一九七六年五月二十日致王淡芳書。

唐山地震，松潘繼之，北京、成都均被波及，各地先後紛紛告警，金陵、申江、吴門亦在其中。荆楚間雖已蒼黄，山村尚屬安謐。余與千帆既久作江南訪舊之計，印唐、君惠亦約相攜出峽，過漢小住暢叙，東下同游，皆不果。感賦

梅飄荷敗桂香殘，吟興游情已漸闌。蜀棹巴帆勞想象，北書南訊報平安。秋來春去前期誤，地動山摇行路難。爲問三吴東道主，幾時對客酒腸寬？

編按：輯自《印唐存稿》。凡二首，其一「燕京蜀道」見《涉江詩稿》卷四《地震》。

偶成

殘卷昏燈不自聊，蕭森秋氣入疏寮。雁過欲寄天涯信，未必高樓正寂寥。

介眉來書念靈谷寺舊游，傷子雍、淑娟之逝。賦寄此篇

昔游靈谷寺，回首共傷神！孤塔殘陽冷，羈墳宿草春。惟將思舊賦，寄與有情人。不用聞鄰笛，年年涕淚新。

編按：右二首輯自一九七六年十一月十一日致蕭印唐書。

東游緩期寄金陵諸故人

孝標發高興，白下共深杯。北客方多病，巴人去不回。歷城期自失，汴水訊空來。更作西園集，偉長信有才。

編按：輯自一九七七年四月十日致蕭印唐書。凡四首，餘三首參見《涉江詩稿》卷四《丁巳暮春，偕千帆重游金陵，呈諸故人》前三首，文字略異。

附録

涉江詞序

動中形外曰詩，意内言外曰詞。是故詩或直陳，詞惟曲致。苟非厝辭精妙，託響非常，安得有井皆歌，小紅能唱乎？近時作者，非不紛紜，擷彼菁英，不盈予掬。有如沈祖棻子苾所爲《涉江詞》者，乃無愧「黄絹幼婦，外孫齏臼」之譽已。子苾託生南國，游學上庠。出當代大師之門，爲世間才子之婦。高材獨秀，乃工小詞。國難之年，隨夫婿程君千帆沿湘入蜀，備歷艱苦。言愁則一江春水，歎瘦而簾卷西風。偶有吟哦，率多淒婉。流寓嘉州以後，長言永歎，益抒陸沈蓬轉之哀。小令逼真花間，長慢高者往往闌入北宋，極其思之所至，故當雁行清照，婢蓄淑真。花晨月夕，焚香掃地，手斯一卷，爲洛生之詠。遥心幽思，輻凑行間；玉振金聲，鏗鏘弦外。蓋飄飄有凌雲氣，謖謖如林下風焉。亂世之徵，文章匿采。有如此媛，能不驚心？然則世有知音，自能擊節，如人飲水，奚假言詮者也。予與子苾、千帆先後同師蘄春黄君，其尊翁穆庵先生又與予有唱和之雅。承命作序，非玄晏而謬序《三都》，對隱侯而知吟雌霓，爰綴片語，以當景行。若資揚榷，則吾豈敢！

曾緘

涉江词初稿序

此子苾《涉江詞》底稿五卷。前四卷多其手抄，而余補之，皆經寄庵先生評點。第五卷則余與宋生元誼、劉生彦邦爲之繕寫，後經删訂，併甲乙兩稿爲甲稿，而以自蜀東下後所作爲戊稿，故篇章次第或與定本不同。子苾既殁四月，余理董其遺著，乃取而重裝之。嗟乎！綺夢如煙，餘香在席，百身難贖，有恨無期！丁巳霜降，閒翁揮淚記於東湖寓廬。

後記

《涉江詩詞集》由《涉江詞》、《涉江詩》組成，均爲沈祖棻先生生前手定。

一九七八年，程千帆先生自費油印二集。一九八二年，《涉江詞》由湖南人民出版社出版。一九八五年，《涉江詩》由福建人民出版社出版。一九九四年，江蘇古籍出版社將二者合集爲《沈祖棻詩詞集》，由程千帆先生爲之箋注。程箋以其豐富的史料，不僅説明了作者的創作背景和深衷，還釐清了一時人事，闡明了時代背景，被舒蕪先生譽爲「前無古人的箋注」。二〇一九年沈先生誕辰一一〇周年之際，鳳凰出版社將《沈祖棻詩詞集》更名爲《涉江詩詞集》再版。

本次全集在河北教育出版社版全集基礎上增加《補遺》一編，補詞四首、詩五十七首，主要輯自書信和散佚手稿。另新增曾緘先生所作而未刊發之《涉江詞序》，以及一九七七年程千帆先生所作《涉江詞初稿序》作爲附録。感謝編輯團隊，在他們的集體努力之下，作品及詞序的增補，詳參諸版的校訂，都令沈祖棻詩詞創作的整體面貌得以更豐富完整地呈現在世人面前。

《涉江詩詞集》不僅是一位江南才女的精神寄託和身世寫照，更是一曲風雲變幻的時代悲歌，足成一部知識分子的羣像史詩——他們歷經滄桑，悲歡生動如昔。

張春曉於廣州暨南大學

二〇二三年十一月三日